दिव्य स्वर्ग तक

(सम्प्रेरक मुक्तक)

प्रणेता
विश्वकीर्तिमानक
डॉ. ओम् जोशी

PG PUBLICATION

दिल्ली-110089, (भारत)

संस्करण : 2020
ISBN : 978-93-899841-2-5

प्रखर गूँज पब्लिकेशन
एच-3/2, सेक्टर-18, रोहिणी, दिल्ली-110089
दूरभाष : **7982710571, 7838505899, 011-27851059**

प्रथम संस्करण : 2020

अक्षरांकनः डॉ. वन्दना जोशी

आवरण : दुर्गाप्रसाद

-दिव्य स्वर्ग तक (सम्प्रेरक मुक्तक)

प्रणेता
विश्वकीर्तिमानक
डॉ. ओम् जोशी

-Divya Swarg Tak
(Quatrains)

By : World Record Holder
Dr. Om Joshi

Published by
PRAKHAR GOONJ PUBLICATION
Delhi-110089
E-mail : prakhargoonj@gmail.com, sinha.neelu123@gmail.com
Ph. : **011-27851059, 7982710571, 7838505899**

सादर समर्पण ...

देव तुल्य समस्त गुरुओं

और

सम्प्रेरक शिक्षकों के श्रीचरणों में

साष्टांग दण्डवत् प्रणाम सहित

'वक्तव्य विशेष'

दैनिक दिनचर्या के अनुसार मैं प्रातः आठ बजे से अपनी विशिष्टतम 'काव्यसाधना' में निमग्न था / वैसे मैं पचास से भी अधिक वर्षों से प्रायः प्रतिदिन बारह बारह घण्टे रचनाकर्म विशेष निरन्तर निरन्तर जारी रखे हुए हूँ / आज भी वैसी की वैसी 'काव्यवृष्टि' प्रातःकाल से ही होने लगी / मेरे आनन्द का पारावार नहीं था / इतने में ही परिचित डाकिया एक 'डाक' लेकर मेरे आवास 'काव्याकाश' आ पहुँचा और उसने आवाज़ लगाई -*'जोशीजी! आपकी डाक आई है, इसे ले लें और हस्ताक्षर कर दें /'* तत्क्षण मेरा ध्यान भंग हुआ और मैं अपने विविधवर्णी 'इन्द्रधनुषी' कक्ष से उतर नीचे जा पहुँचा मुख्यद्वार तक / डाकिए से मैंने वह 'पत्रविशेष' ग्रहण किया और हस्ताक्षर अंकित कर धन्यवाद दे मैंने डाकिए को बिदा भी कर दिया / पत्रप्रेषक के रूप में 'मुक्तकनरेश' का नाम देखकर मेरा मन प्रातःकालिक कमल जैसा पुलकित पुलकित, हर्षित हर्षित हो ही गया / मुक्तक नरेश मुझसे पिछले पाँच छः वर्षों से बहुत आत्मीयता से जुड़े हुए हैं / आए दिन उनका मेरे यहाँ 'काव्यविमर्श' के लिए उज्जयिनी से आना जाना है और वे मेरे सृजनकर्म से सर्वाधिक प्रभावित भी हैं / मैं उनकी भावुकता, सहृदयता, श्रद्धाभाव और 'गुरु' के प्रति आस्था से भी परिचित हूँ / यह बिलकुल पहला और पहला अवसर था कि विगत पाँच छः वर्षों में उन्होंने मुझे पहला 'आत्मीयपत्र' प्रेषित किया / मैं आश्चर्यनिमग्न था और अभिभूत भी / आश्चर्यनिमग्न इसलिए कि पत्रलेखन / प्रेषण की परम्परा आजकल प्रायः समाप्त हो चुकी है और मैं अभिभूत मात्र इसलिए था कि वर्षों बाद किसी ने मुझे इस रूप में स्मरण तो किया !

मैंने उत्सुकतावश पत्र का बाह्य आवरण खोला और मैं उक्त पत्र पढ़ने लगा / एक ही साँस में मैं वह पूरा पत्र बहुत ध्यान से पढ़ गया / पूरे पत्र का विषय सर्वाधिक आनन्दवर्धक / साहित्यिक / अनूठा / महनीय और अकल्पनीय था मेरे लिए / समग्र पत्र का 'प्रारूप' इस रूप में था -

परमादरणीय गुरुदेव! सम्माननीय कविराज !! पिछले ना जाने कितने दिनों से एक अत्यन्त अत्यन्त भावपूर्ण पत्र आपको लिखने और प्रेषित करने की सदिच्छा थी, जो, ईश्वरीय कृपा से आज वस्तुतः पूर्ण हो गई। आपके शुभाशीर्वादों से मैं कुशल भी हूँ और अति आनन्दित भी। परमपिता 'परमेश्वर' से आपकी सर्वविध कुशलता की हृदय से शुभकामना है। आप जैसे 'विश्वकीर्तिमानक' साहित्यकार को पत्र लिखना सूर्य के समक्ष दीपक रखने जैसा है। आपके तीसरे मुक्तक संग्रह विशेष 'दिव्य स्वर्ग तक' का प्रकाशन बहुत शीघ्र हो रहा है, इसी तारतम्य में आपने उक्त ग्रन्थ की भूमिका के रूप में एक 'वक्तव्य विशेष' प्रेषित करने का मुझे आदेश दिया था, उसी सन्दर्भानुरोध से भावुकतावश, नेहवश ही यह 'शुभकामना पत्र' आपकी ओर सम्प्रेषित है।

समादरणीय कविराज! आप वस्तुतः और तत्त्वतः विलक्षण 'रचनाकार' हैं। किसी भी रचनाकार को प्रतिदिन, प्रतिपल, अहर्निश अलौकिक से भी अलौकिक, दिव्यातिदिव्य से भी दिव्यातिदिव्य रचना / सृजन अनुभव होने लगे, मधुरिम से भी मधुरिम कर्णपेय काव्य स्वरलहरियाँ उसके कानों में निरन्तर निरन्तर गूँजने लगें, अनेकानेक विविध विविध समलंकृत और अनुपमेय शब्द तथा पद्य उसके नयनों के समक्ष क्षितिज के पार तक खड़े स्पष्टमेव दिखते रहें, जिस भी रचनाकार को अनायास और अनायास 'महाकाव्याभिवर्षण' का रमणीय से भी रमणीय, प्रखर से भी प्रखर, महनीय से भी महनीय, समुज्ज्वल से भी समुज्ज्वल,

धाराप्रवाह से भी धाराप्रवाह, अन्तरिक्ष से ऊँचा, बहुत ऊँचा और सागर से कहीं बहुत अधिक गहरा 'काव्यानुभव' अनवरत प्रत्यक्ष अनुभव हो और जिसे रचनासृष्टि/काव्यवृष्टि के समय यह भी अनुभव हो कि वह सृष्टिनिर्माता 'ब्रह्मा' जैसा स्वरचित नव्य काव्य संसार में अपनी सहज रचना प्रिया विद्योत्तमा, कविता रत्नावली के संग सानन्द विचरण कर रहा हो, जिसे प्रत्यक्षतः यह भी प्रचण्ड से प्रचण्ड अनुभव हो कि पूर्वजन्म के संस्कारों के कारण उस पर 'सर्वोच्च सत्ता' की अहैतुकी कृपावृष्टि हो रही है, जिसे यह भी अनुभव हो कि सर्वोच्च सत्ता ने उसे अनेकानेक कल्पनातीत सफलताओं के साथ काव्य हिमालय के सर्वोच्च शिखर पर प्रतिस्थापित कर दिया हो, जिसे यह भी अनुभव हो कि कोई महान से महान, विराट से विराट अदृश्य अलौकिक 'महाशक्ति' उससे दिव्यातिदिव्य, सम्प्रेरक, शिक्षाप्रद, अनुपम, विलक्षणतम, मानक, मौलिक और सर्वथा सर्वथा ऐसी 'कालजयी' रचनाएँ रचवा रही हों, जो हृदय आन्दोलित कर दें, रसभरित कर दें, आनन्दनिमग्न कर दें और अन्ततः पाठकों, श्रोताओं, अनुसन्धानकर्ताओं की जीवनधारा की दिशा ही बदल दें, तो उस 'साहित्यकार' का सौभाग्य ऐसे अनुपमेय 'स्वर्गद्वार' उद्घाटित कर देता है, जिसकी कल्पना ही असम्भव है। माननीय कविराज! इस दृष्टि से आप विलक्षणतम सौभाग्यशाली हैं।

कवि / रचनाकार इस संसार का कदाचित् सर्वाधिक सौभाग्यशाली व्यक्तित्व होता है। जब सर्वोच्च सत्ता की महनीय से भी महनीय 'सुधाकृपा' किसी भी रचनाधर्मी पर बरसती है, तो उस काव्यकार में स्वतः ही उस विलक्षणतम 'शक्ति' का अनायास ही अकल्पनीय संचार होता है, जिसे 'कवित्व' के रूप में जाना जाता है। यहाँ संस्कृत के एक प्राचीन 'कविवर' का उल्लेख अत्यन्त महत्त्वपूर्ण भी है और प्रासंगिक भी -

नरत्वं दुर्लभं लोके, विद्या तत्र सुदुर्लभा /
कवित्वं दुर्लभं तत्र, शक्तिस्तत्र सुदुर्लभा //

इस मायावी संसार में सर्वप्रथम तो मनुष्य जन्म ही सुदुर्लभ है और उस सुदुर्लभता के साथ साथ विविध विद्याओं की समुपलब्धता तो सर्वथा सर्वथा दुर्लभ और विद्वत्ता के साथ साथ 'कवि' होना तो वस्तुतः दुर्लभतम और फिर जिसमें कवित्व के साथ विलक्षणतम काव्यशक्ति, काव्यप्रतिभा हो, तो वह तो सर्वाधिक दुर्लभ संयोग। गुरुवर्य! मैं आपको इस दृष्टि से भी कदाचित् सर्वाधिक सौभाग्यशाली ही मानता हूँ, स्वीकारता हूँ कि उक्त सन्दर्भित / प्रासंगिक श्लोक अपनी समग्र प्राभाविकता और स्वाभाविकता के साथ आप पर स्वतः घटित है ही।

संस्कृत, हिन्दी और प्रकारान्तर से उर्दू भाषा में 'मुक्तक सृजन' की परम्परा विशेष रही है। पिछली सोलह / सत्रह शताब्दियों से 'मुक्तक' सृजन और समालोचना दोनों क्षेत्रों में विचारणीय रहे हैं। पाँचवीं शती के सुप्रसिद्ध समालोचक आचार्य भामह से लेकर चौदहवीं शती के संस्कृत महापण्डित विश्वनाथ कविराज तक के अनेक संस्कृत समालोचकों जैसे महाकवि दण्डी, आचार्य आनन्दवर्धन, आचार्य राजशेखर आदि ने मुक्तकों की मुक्तकण्ठ से प्रशंसा की है और इनके भेद विशेष भी गिनाए हैं। आपने अपने 'विश्वमंच पर' नामक मुक्तक संग्रह में इन उक्त सन्दर्भों की विस्तृत चर्चा भी की है। केवल इतना ही नहीं.. आपने प्रतिदिन एक 'मुक्तक शतक' रचते हुए निरन्तर ग्यारह दिनों तक एक के बाद एक कुल ग्यारह मुक्तक शतक भी विरचे हैं। मैं इसका प्रत्यक्षदर्शी हूँ। यह कोई कपोल कल्पना या गल्प (गप्प) नहीं है। आपके 'मुक्तक' प्रासंगिक भी होते हैं और सन्दर्भित भी, ज्ञानकेन्द्रित होते हैं

और चमत्कार सम्पन्न भी, लौकिक होते हुए भी अलौकिक, पारलौकिक भी, सम्प्रेरक भी, सत्यपरक भी, विश्वपरक भी और ईश्वरपरक भी। किन्तु, मैं बहुत बहुत विश्वसनीयता के साथ यह कह सकता हूँ कि आपके सभी मुक्तक रचनात्मक और साहित्यिक अवश्य ही होते हैं। समस्त समस्त काव्यशास्त्रीय मानदण्डों की दृष्टि से भी ये मुक्तक तप्त स्वर्ण से भी प्रखरतम, समुज्ज्वल, शारदीय चन्द्र जैसे शीतल शीतल और अमृतवर्षक भी हैं। इनमें सागराधिक गाम्भीर्य और आकाश तथा अन्तरिक्ष से भी अधिक विस्तार और गहनता भी विद्यमान है और यह कोई 'अतिशयोक्ति' भी नहीं। यदि, संख्यात्मक दृष्टि से आकलन किया जाए, तो आज तक आपके द्वारा विरचित/प्रकल्पित विविध मात्राओं वाले मुक्तकों की कुल संख्या अविश्वसनीय रूप से अड़तालीस हज़ार (४८,०००) के भी पार जा चुकी है। इसी वर्ष 'धरा आशीष ही देगी' शीर्षक से आपका पर्यावरण विषयक एक मुक्तक संग्रह प्रकाश में आ चुका है, इसमें इक्यावन मुक्तक उपलब्ध हैं। 'लहराते सागर' शीर्षक से आपका सोलह मात्राओं वाला एक अन्य मुक्तक संग्रह भी सद्यः प्रकाशित है और इसमें एक सौ इक्यावन इन्द्रधनुषी मानक मुक्तक संजोए हुए हैं। निकट भविष्य में आपके दस-बीस मुक्तक संग्रह क्रमशः प्रकाशित होने को हैं, यह मेरे और मेरे मुक्तक समाज के लिए गौरव का ही विषय है।

गुरुप्रवर! आपके शुभाशीर्वादों से और आपके ही निर्देशन में मैंने दोहों और मुक्तकों में निपुणता प्राप्त कर ली है। मैं भारत के अनेकानेक साहित्यिक कार्यक्रमों में प्रतिभागिता भी कर चुका, किन्तु, आप जैसा सकारात्मक और प्रतिबद्ध 'साहित्यकार' मेरे दृष्टिपथ में आज तक नहीं आ पाया। इन्दौर, मध्यप्रदेश के सुप्रसिद्ध शिक्षाविद् और ख्यात विद्वान डॉ. मंगल मिश्र का आपके विषय में कहना है –*'प्रामाणिक छन्द*

और अद्‌भुत काव्यसृजन का डॉ. ओम् जोशी से बड़ा उदाहरण मुझे आजतक भी नहीं मिला। माता सरस्वती ने आप पर मंगल शुभाशीर्वाद की प्रत्यक्ष वर्षा की है।'

माननीय कविराज! मैंने आपके जितने जितने मानक मुक्तक सुने और पढ़े, उनका एक विशिष्टतम वैशिष्ट्य है – सकारात्मकता और सर्वदा सर्वदा सकारात्मकता।

बोस्टन, अमेरिका के एक विश्वविद्यालय में हुए एक शोध विशेष के अनुसार सकारात्मक रहने वालों की कार्यक्षमता बहत्तर प्रतिशत तक बहुत अच्छी रहती है और उन्हें सफल होने के अवसर भी अट्ठावन प्रतिशत अधिक मिलते हैं। हार्वर्ड विश्वविद्यालय, अमरीका के एक अन्य शोध के अनुसार सदैव सकारात्मक रहने से विभिन्न रोगों से लड़ने की क्षमता (इम्यूनिटी) भी बावन प्रतिशत तक बढ़ जाती है और हृदयाघात भी उनतालीस प्रतिशत तक कम हो जाता है, किन्तु, मैंने आपके व्यक्तित्व और आपके समग्र समग्र साहित्य के विषय में जितना जितना पढ़ा / सुना है, उससे तो यही स्वतःसिद्ध और प्रमाणित भी है कि आपका सम्पूर्ण जीवन सकारात्मक ही है, प्रतिमानक ही है, सर्वथा सर्वथा सम्प्रेरक भी है और शत प्रतिशत आनन्ददायक और आनन्दवर्धक भी। यह कोई अतिशयोक्ति भी नहीं कि जो असाधारण से असाधारण, अलौकिक से भी अलौकिक 'सृजन परमानन्द' आप अनुभव कर रहे हैं, वह वस्तुतः अन्यत्र सुदुर्लभ और निश्चित ही सुदुर्लभ।

और अब अन्त में...

किसी भी भाषा के साहित्य में सूक्तियों, मुहावरों तथा सुभाषितों का गौरवपूर्ण स्थान है और मुझे यह कहने में लेशमात्र भी संकोच नहीं कि आपके प्रस्तुत सद्यःप्रकाश्य मुक्तक संग्रह 'दिव्य स्वर्ग तक' में प्रायः

सर्वत्र सकारात्मकता भी है, सत्प्रेरणा भी है और पदे पदे सूक्तियों/सुभाषितों के अभिनव प्रयोग भी समुपलब्ध। केवल इतना ही नहीं ..इस रचना में अनेकानेक प्रेरक सन्दर्भ भी अनायास उपलब्ध हैं। इस मुक्तक संग्रह में अनन्वय, व्यतिरेक, उत्प्रेक्षा, दृष्टान्त, रूपक आदि अलंकारों के अतिरिक्त आपके रचना आराध्य विश्वकवि कालिदास के सर्वप्रिय अलंकार उपमा और अर्थान्तरन्यास भी पदे पदे परिलक्षित हैं और प्रसाद तथा माधुर्य नामक काव्यगुण तो प्रायः सर्वत्र ही व्याप्त हैं। यहाँ यह भी उल्लेखनीय है कि इस मुक्तक संग्रह के सभी छः सौ एक मानक/मौलिक मुक्तक १६ मई, सन् २०१८ से १३ सितम्बर सन् २०१८ के मध्य अर्थात् ४ माह से भी कम की समयावधि में रचे गए हैं। इस सम्प्रेरक मुक्तक संग्रह की छन्दोयोजना भी वस्तुतः इतनी सुगठित, व्यवस्थित, अनुकरणीय और अकल्पनीय है कि कोई भी निष्पक्ष विवेचक और समालोचक दोनों मन्त्रमुग्ध हुए बिना रह ही नहीं पाएँगे। आपकी स्वर्णिम 'मुक्तकयात्रा' सफल हो, सुनिश्चिततया सफलतम हो और विश्वव्यापिनी भी। मेरी हार्दिक/मंगल शुभकामनाएँ। आपके आदेशानुसार मैंने प्रस्तुत भावपूर्ण/सारगर्भित पत्र के माध्यम से अपना 'वक्तव्य विशेष' सम्प्रेषित कर दिया है।

आपकी 'अक्षयकृपा' सदैव सदैव बनी ही रहेगी। इसी सुरमयी आशा और आकाशी विश्वास के साथ....

आपका अनन्य से भी अनन्य

मुक्तक नरेश

महाकाल की नगरी,

उज्जयिनी, मध्यप्रदेश

प्रिय पाठको! अनन्य शिष्य मुक्तक नरेश ने जो 'वक्तव्य विशेष' मुझे इस आत्मीय पत्र के रूप में प्रेषित किया, वह मूलतः ज्यों का त्यों अभी-अभी प्रकाशित किया जा चुका है।

देवप्रबोधिनी

शुक्रवार, ०८/११/२०१६

वरिष्ठ साहित्यकार

विश्वकीर्तिमानक

डॉ. ओम् जोशी

डॉ. ओम् जोशी

२३, साँवेर कोठड़ा, बावई रोड,

जेल के पास, सोनकच्छ,

ज़िला देवास, मध्यप्रदेश

श्रीः

दिव्य स्वर्ग तक

(सम्प्रेरक मुक्तक)

१. जिस देश

हम जन्मे जिस देश, दिव्य गुण उसके गाएँ /
सचमुच अपनी ही समझें उसकी विपदाएँ //
ज्ञान/यत्न/श्रम/उद्यम/साहस/प्रतिभा/मन से /
सकल विश्व में उसका अनुपम यश फैलाएँ //

२. प्रेम/वासना

प्रेम/वासना में निश्चित ही अन्तर उतना /
अमृत/विष में सचमुच अन्तर प्रायः जितना //
अमृत से अमरत्व, मरण विष से तत्क्षण ही /
मनुज सोच ले यही, उसे क्या धारण करना //

३. निष्काम कर्म

प्रकट विलक्षण शक्ति सदा निष्काम कर्म से /
अति आनन्दित व्यक्ति स्वयं निष्काम कर्म से //
गीता में अर्जुन को योगी 'कृष्ण' बताए /
'हर साधक की मुक्ति सहज निष्काम कर्म से' //

४. वर्धित प्रतिभा

करत करत अभ्यास विलक्षण वर्धित प्रतिभा /
उत्तम शोधों से ही निश्चित गर्वित प्रतिभा //
कर्म कल्पनातीत स्वतः सम्भव इससे ही /
सकल विश्व में बहुत अधिक ही चर्चित प्रतिभा //

५. जो सज्जन

जो सज्जन, उनसे असत्य बिलकुल ना कहिए /
सदा विवेकी सम सतर्क/सक्रिय ही रहिए //
अद्‌भुत प्रबल विवेक मनुज को मनुज बनाता /
प्रिय/अनन्य के साथ सरस भावों में बहिए //

६. प्राणहर

चाहे जिसके यहाँ 'काल' तत्क्षण ही आता /
इच्छित जीव विशेष तुरत वह ले ही जाता //
'इससे निश्चित सभी पराजित' सन्त बोलते /
यही 'प्राणहर' निज अस्तित्व स्वतः दिखलाता //

७. न्यायालय

अन्तर्मन का 'न्यायालय' जो न्याय दिलाता /
उसका पार कभी कोई भी तनिक न पाता //
जो भी सुनता अन्तर्मन की मधुरिम ध्वनियाँ /
वही मनुज से 'देवपुरुष' अनुपम बन जाता //

८. जो स्वतन्त्र

जो स्वतन्त्र रहती, वह नारी दुख ही पाती /
वह एकाकी नहीं सुरक्षित, कष्ट उठाती //
पिता सबल पति, पुत्र आदि से वह रक्षित ही /
रह इनके ही साथ सदा आनन्द मनाती //

९. सर्वसुरक्षित

धन खोकर भी 'अन्तर्मन' यदि, सर्वसुरक्षित /
छाप स्वयं की विश्वपटल पर यदि, हो अंकित //
तो कृतार्थ जीवन मानव का महापुरुष सा /
मनुज स्वतः निज शुभकर्मों से अद्‌भुत चर्चित //

१०. व्यर्थ गम्भीर

आजीवन ना रहें व्यर्थ गम्भीर सर्वदा /
कभी सहें ना घुट घुट भीषण पीर सर्वदा //
सभी समस्याएँ सुलझाएँ हँसते हँसते /
स्वतः अन्ततः सफल विलक्षण धीर सर्वदा //

११. धर्म नियन्त्रित

राजनीति यदि, स्वतः वस्तुतः धर्म नियन्त्रित /
यदि, यह आदर्शों से निश्चित ही अभिमन्त्रित //
तो इससे ही देश प्रगति अद्‌भुत करता ही /
प्रजा और शासक आपस में ना हों शंकित //

१२. कभी न झुकिए

दुष्टों के आगे विनम्र सम कभी न झुकिए /
महानीच जो, वचन उन्हीं के कभी न सुनिए //
नहीं बढ़ावा दें रिपुओं को व्यर्थ वस्तुतः /
सहज मित्रता हेतु सदा सज्जन ही चुनिए //

१३. सभ्यता

अन्यों के उपकार भूलना ही कृतघ्नता /
उन्हें याद रखना प्रतिपल अद्‌भुत कृतज्ञता //
अगर, किए उपकार अन्य पर, उन्हें भूलिए /
मानव आजीवन ना त्यागे कभी सभ्यता //

१४. योगसाधना

सचमुच समझें इक दूजे की मनोभावना /
करें हृदय से सदा सत्य का स्वयं सामना //
अगर, धरा पर स्वर्ग तुल्य सुख स्वतः भोगने /
प्रतिदिन समय निकाल करें ही योगसाधना //

१५. रखिए दया

आजीवन ही मन में रखिए दया वस्तुतः /
कभी भूलकर भी ना त्यागें हया वस्तुतः //
निज यश के ध्वज अगर, 'गगनचुम्बी' फहराने /
काम करे ही मनुज विलक्षण नया वस्तुतः //

१६. भीख

चाहे जो हो..भीख किसी से नहीं माँगिए /
अपनी निर्धारित सीमाएँ नहीं लाँघिए //
स्वार्थ साधने घोर लोभवश स्वतः वस्तुतः /
निजी प्रतिष्ठा को खूँटी पर नहीं टाँगिए //

१७. रूखा सूखा

बाँट दीन को जो भी रूखा सूखा खाता /
जो आजीवन उनको बिलकुल नहीं सताता //
देवभोज करवाने जैसा गौरव उसको /
उसका जीवन शुष्क पुष्प सम ना कुम्हलाता //

१८. सुख तनिक

बहुत दुखी जो मनुज, वही सुख तनिक चाहता /
सुखी अधिक सुख पा अपने को सफल मानता //
नहीं मानता जो दुख को दुख आजीवन ही /
वह रहस्य सुख का निश्चित ही स्वयं जानता //

१९. सुख/दुख

सुख/दुख दोनों ही 'प्रभु' के उपहार मानिए /
ईश रचित ही यह अद्भुत संसार जानिए //
इससे ही अस्तित्व दुखों का नष्ट प्रायशः /
सबका हित ही करना निज मन स्वयं ठानिए //

२०. सहज प्रणय से

निबटाए हर काम मनुज नित सदा समय से /
यदि, करना हो दान, करे वह स्वयं हृदय से //
स्वर्णिम वचन विशेष यही कण्ठस्थ कीजिए /
'जीवन का सर्वस्व हस्तगत सहज प्रणय से' //

२१. सरिता का जल

सरिता का जल पीने से कम ना हो जाता /
गतिमय वही प्रवाह हृदय को सहज रिझाता //
बस..ऐसे ही दान आदि से धन ना घटता /
उलटे वह दिनरात स्वतः बढ़ सुख पहुँचाता //

२२. अटल विश्वास

घोर घोर दुर्दैव अकेला कभी न आता /
विपदाएँ/चिन्ताएँ साथ स्वयं के लाता //
किन्तु, अटल विश्वास जिन्हें भी परम ईश में /
कोई भी दुख उनको प्रायः नहीं सताता //

२३. सज्जन

हानि और कष्टों से मानव बनता ज्ञानी /
दुःख उठाता आजीवन भारी अभिमानी //
जो सज्जन, वे कर ही देते स्वयं न्यायतः /
सहज दूध का दूध और पानी का पानी //

२४. दो रोटी

वीर किसी के आगे निज सिर नहीं झुकाते /
जो निर्धन, वे स्वयं काठ तक तुरत पचाते //
पाचनशक्ति विशेष धनिक की निर्बल प्रायः /
वे सुख से दो रोटी तक भी ना खा पाते //

२५. अभयदान

सकल विश्व में भाँति भाँति के दान सर्वथा /
प्रज्ञों को उनका अति अद्‌भुत ज्ञान सर्वथा //
पर, उनमें भी 'अभयदान' अनुपम/उत्तम ही /
दानी रक्खें इसी बात का ध्यान सर्वथा //

२६. पुण्य सम्पदा

करके दान विशेष पाप का ब्याज चुकाएँ /
सहज त्याग से ही पापों का मूल घटाएँ //
गाँठ बाँध लें एक बात की अपने मन में /
'सत्कर्मों से पुण्य सम्पदा स्वतः बढ़ाएँ' //

२७. यदि, मन चंगा

विमल हृदय से बड़ा अन्य 'तीरथ' ना न्यारा /
यही सज्जनों/सन्तों का भी प्रबल सहारा //
यदि, मन चंगा सदा कठौती में ही गंगा /
इससे सफल विशेष तत्त्वतः जीवनधारा //

२८. भूल जाइए

जो बीता, उसको सचमुच ही भूल जाइए /
निज भविष्य की चिन्ताओं में ना समाइए //
अगर, देव सम स्वतः सफलतम ही रहना हो /
वर्तमान को मित्र विलक्षणतम बनाइए //

२९. रोटी

हर भूखे को याद बहुत ही आती रोटी /
माता निर्मल मन से नित्य बनाती रोटी //
बिन रोटी के आग उदर में घोर भभकती /
सुख पहुँचाती, अगर, पेट में जाती रोटी //

३०. जीव 'ब्रह्म' ही

जीव 'ब्रह्म' ही, नहीं ब्रह्म से पृथक् तत्त्वतः /
परम ब्रह्म की प्रखर / विमोहक चमक तत्त्वतः //
सत्य कथन यह, इसे हृदय निज निश्चित धारें /
'निज कर्मों से स्वतः स्वर्ग या नरक तत्त्वतः' //

३१. धर्म की शिक्षा

अनायास ही सब विकार जिससे मिट जाएँ /
राग / द्वेष भी जिससे क्रमशः ना बढ़ पाएँ //
मानव जिससे 'सत्यनिष्ठ' ही रहे सर्वदा /
वही धर्म की शिक्षा लोग स्वयं अपनाएँ //

३२. अनुशासित

अगर, हानि हो बहुत, शोक तब भी ना करिए /
उसके लिए विशेष विकल बिलकुल ना रहिए //
वरना, सम्भव कुछ अनिष्ट ही और सर्वथा /
अपने को सक्रिय / अनुशासित / सुस्थिर रखिए //

३३. मन से हँसिए

विषमय सर्प समान किसी को भी ना डँसिए /
जो कुचक्र दुष्टों के, उनमें कभी ना फँसिए //
सावधान प्रतिपल रहिए नभ में खग सम ही /
समय समय पर बहुत खिलखिला मन से हँसिए //

३४. प्रभु के उपहार

जो सुख मिलता घोर दुखों के बाद सर्वतः /
निश्चित वह सुख हर मानव को याद सर्वतः //
वैसे सुख / दुख हैं प्रभु के उपहार क्रमिक ही /
मनुज यत्नतः करे प्रणय संवाद सर्वतः //

३५. सम्मान

जिसके मन में सबके प्रति सम्मान वस्तुतः /
गहन अध्ययन में ही जिसका ध्यान वस्तुतः //
करने विद्यादान सदा 'शुभसंकल्पित' जो /
अधिक न उसके जीवन में व्यवधान वस्तुतः //

३६. निर्धारित सीमाएँ

अपनी त्रुटियों पर तत्क्षण ही क्षमा माँगिए /
घोर अहं को खूँटी पर ही त्वरित टाँगिए //
अगर, प्रतिष्ठा नहीं गिराना हो अपनी ही /
निर्धारित सीमाएँ बिलकुल नहीं लाँघिए //

३७. स्वयमेव देखिए

कभी किसी के आगे घुटने नहीं टेकिए /
सत्य / धर्म / निष्ठा भी बिलकुल नहीं बेचिए //
जो अयोग्य हों, उन्हें बड़ा बिलकुल ना मानें /
किन्तु, योग्यता अपनी भी स्वयमेव देखिए //

३८. अनुकूल वस्तुतः

जब मनुष्य का 'दैव' स्वतः अनुकूल वस्तुतः /
मनुज न करता तब कोई भी भूल वस्तुतः //
उसे सम्पदाएँ तब..अद्भुत मिल ही जातीं /
उसे न चुभते तब मायामय शूल वस्तुतः //

३९. स्वर्णिम समय

अगर, हृदय से निष्कासित ही प्रणय तत्त्वतः /
वज्र तुल्य ही जिसका निष्ठुर हृदय तत्त्वतः //
'अस्थि / चर्म का ढेर वही निर्जीव स्वतः ही' /
मनुज न खोए अनुपम स्वर्णिम समय तत्त्वतः //

४०. मनोभावना

अन्यों को सुख देने जिनकी मनोभावना /
मानव उनसे करे ज्ञान की स्वयं याचना //
उनसे यश/धन/सुख/सन्तोष/सहजता/गरिमा /
उनके आदर्शों को मन में ही उतारना //

४१. प्रश्नों के पास

मनुज रहे निश्चित प्रश्नों के पास सर्वथा /
हृदय स्वयं का रक्खे नहीं उदास सर्वथा //
विजय उसी के चरण चूमती दासी जैसी /
जिसमें साहस / संयम / श्रम / विश्वास सर्वथा //

४२. अमृतधारा

हृदयरूप पुस्तक जिसकी भी खुल खुल जाती /
वह मनुष्य को महाविलक्षण ज्ञान कराती //
उसको आवश्यकता ही ना अन्य ग्रन्थ की /
ज्ञानरूप अमृतधारा ही सुख पहुँचाती //

४३. अनुपम दान

जो जो देते मन से अनुपम दान नित्यशः /
वितरित करते बहुत प्रेम से ज्ञान नित्यशः //
प्रायः सबके दुख हरते जो उपकारों से /
पहुँच स्वर्ग वे पाते ही सम्मान नित्यशः //

४४. बात हृदय की

बात हृदय की अनायास निश्चित ही सुनिए /
गुरुओं / वृद्धों की बातों को मन से गुनिए //
यदि, कृतार्थ करना हो स्वर्णिम जीवन अपना /
रहने ही गतिमान विलक्षण 'सत्पथ' चुनिए //

४५. कर्तव्यों का पालन

जो गृहस्थ निज कर्तव्यों का पालन करते /
निर्मल सन्त समान वस्तुतः जग में रहते //
ढोंग धतूरों से जो सचमुच दूर सर्वदा /
प्रभु उनके दुख अनायास निश्चित ही हरते //

४६. सद्‌वचन

जो कहता सद्‌वचन, बीज पुण्यों के बोता /
वह मानव मन ही मन विचलित कभी न होता //
जो सुनता वृद्धों की, स्वर्णिम जीवन उसका /
विद्यमान उसके ही मन अमृत का सोता //

४७. गौण हो चुके

गौण हो चुके सन्तों के उपदेश सर्वतः /
यत्र तत्र ही दुखदायक परिवेश सर्वतः //
सत्य/धर्म/सत्कर्म/ज्ञान/सम्मति ना जिनमें /
आजीवन ही उन्हें नरक सम क्लेश सर्वतः //

४८. धुन का पक्का

उन्नति करने जो भी मानव यत्नशील ही /
जिसका भी व्यक्तित्व विलक्षणतम सुशील ही //
धुन का पक्का वही 'लक्ष्य' निश्चित ही पाता /
लहराती उसके मन सुख की रम्य झील ही //

४९. आनन्द लीजिए

जन्म हुआ इस जग में, तो आनन्द लीजिए /
किसी जीव को कष्ट कभी भी नहीं दीजिए //
लेने आए अगर, 'काल' स्वयमेव वस्तुतः /
सहज प्रेम से उसका स्वागत भव्य कीजिए //

५०. लाभ विशेष

ज्यों ज्यों लाभ विशेष, लोभ त्यों बढ़ता जाता /
लोभ मनुज की उच्च प्रतिष्ठा सहज गिराता //
जो निर्लोभी / ज्ञानी / योगी / समदर्शी भी /
वही ईश की दिव्य निकटता निश्चित पाता //

५१. स्वर्गसुख

जिसका पुत्र विशेष विलक्षण आज्ञाकारी /
जिसकी पत्नी सहज / सुशीला / अनुपम नारी //
जिसे न धन का लोभ, क्रोध ना आगी जैसा /
उसे 'स्वर्गसुख' आजीवन ही अद्‌भुत भारी //

५२. वही सन्त

वही सन्त, जो सह लेता आघात स्वतः ही /
जो सबसे ही करता मधुरिम बात स्वतः ही //
जिसके मन में लेशमात्र ना पाप कभी भी /
उसको इस जग का रहस्य ही ज्ञात स्वतः ही //

५३. अन्तर्मुखी

जो ना अनुभव करता मन में घोर वेदना /
जिसकी अन्तर्मुखी सत्यतः प्रखर चेतना //
उसमें दैविक शक्ति संक्रमित प्रबल सर्वतः /
उसको निश्चित स्वतः प्रायशः दुःख / खेद ना //

५४. जीवन डोरी

मनुज करे ना बातें प्रायः कोरी मोरी /
वस्तु / वित्त की नहीं करे सचमुच ही चोरी //
अगर, अलौकिक सुख पाने की इच्छा, हो तो /
सहज प्रणय से ही बाँधे वह जीवन डोरी //

५५. बोधभ्रम

तनिक बोधभ्रम अपने जीवन में ना पालें /
मति से समझें घोर घोर दुष्टों की चालें //
रखें सावधानी आजीवन रह सतर्क ही /
सत्य/धर्म के साँचे में ही जीवन ढालें //

५६. सहनशीलता

करें धैर्य से अपशब्दों का सदा सामना /
अन्यों से धन की ना कोई करे याचना //
सहनशीलता मनुज न खोए..चाहे जो हो /
गंगा जैसी निर्मल रक्खे मनोभावना //

५७. सर्वदा सरस

निर्धनता में ही मनुष्य की परख वस्तुतः /
करे अतिथि का स्वागत मानव हरख वस्तुतः //
मनुज ना रहे शुष्क वृक्ष सम आजीवन ही /
अमृत सम वह रहे सर्वदा सरस वस्तुतः //

५८. हलका हलका

त्रुटियाँ करके मन मन सचमुच ना अकुलाएँ /
अज्ञ तुल्य त्रुटियों को बिलकुल ना दुहराएँ //
त्रुटियाँ कर स्वीकार, करें मन हलका हलका /
शीतल चन्द्र समान सभी को ही हरषाएँ //

५९. लाख छुपाए

मनुज स्वयं की बातें चाहे लाख छुपाए /
वह रहस्य भी निज जीवन के ना बतलाए //
फिर भी.. मदिरापान/प्रणय दोनों ना छुपते /
भले इधर से उधर जगत यह हो ही जाए //

६०. नाटक

भले मनुज अपराध करे स्वीकार वस्तुतः /
चाहे नाटक विरचे वही अपार वस्तुतः //
निरपराध उससे वह घोषित नहीं कभी भी /
व्यक्ति सुधारे ही अपना व्यवहार वस्तुतः //

६१. पत्र लिखें ही

जो अपने प्रिय, उन्हें समय पर पत्र लिखें ही /
अपनों से व्यवहार विलक्षण सदा रखें ही //
भारी कुण्ठाएँ निज मन में तनिक न पालें /
रहें सभ्य, वैसे ही सबको स्वयं दिखें ही //

६२. माया का भ्रम

माया का भ्रम सबसे भारी विकट आवरण /
सुख ना पाता मनुज प्रायशः कभी आमरण //
सत्पथ पर जो गतिमय, उसको सुख मन का ही /
प्रमुदित रखता सत्य/धर्म का नित्य आचरण //

६३. नियमों का पालन

'अपने मन से ही नियमों का पालन करिए /
ब्रह्मा के नियमों से आजीवन ही डरिए //
नियम लाँघते जो जो, वे निश्चित दुख पाते' /
इन तथ्यों को अनायास स्वयमेव समझिए //

६४. सर्वाधिक बलवान

मनुज विश्व में सर्वाधिक बलवान सर्वतः /
अन्य जीव की तुलना में मतिमान सर्वतः //
प्रभुप्रदत्त ही गुण अनन्त केवल मनुष्य में /
फिर भी उनका उसे तनिक ना ज्ञान सर्वतः //

६५. उपयोग

प्रतिपल का उपयोग सदा जो मन से करते /
जो अनुभव पाने की अद्भुत क्षमता रखते //
वे 'सम्प्रेरक' निश्चित ही इसमें क्या शंका ?
वे इतिहास विशेष विलक्षण नित्य विरचते //

६६. स्वयं बाँचता

दुख आते ही 'अन्तर्मन' में मनुज झाँकता /
अनुभव द्वारा व्यक्ति विश्व यह स्वयं बाँचता //
भाँति भाँति के कष्ट वही पाता जीवन में /
जो अपनी सीमाओं को स्वयमेव लाँघता //

६७. कृतज्ञता

परम ईश हित नित कृतज्ञता ज्ञापित करिए /
प्रभु समक्ष आजीवन नतमस्तक ही रहिए //
बहुत उल्लसित मन से करिए ईश वन्दना /
सत्कर्मों से सब देवों को प्रमुदित रखिए //

६८. समुचित ही उपयोग

व्यक्ति पाप कर निज घर में धन कभी न लाए /
मित्रों हित षड्यन्त्र कभी भी नहीं रचाए //
समुचित ही उपयोग करे वह अर्जित धन का /
मनुज वस्तुतः पाप कभी भी नहीं कमाए //

६९. आजीवन निःशंक

कभी किसी पर भी शंका बिलकुल ना करिए /
अन्यों की शंकाएँ निर्मल मन से हरिए //
शंका की औषधि सचमुच ही कहीं सुलभ ना /
आजीवन निःशंक/विलक्षणतम ही रहिए //

७०. भाग्यविधाता

जो प्रिय लगता, वही कभी अप्रिय हो जाता /
कभी मित्र भी रिपु बनकर दुख ही पहुँचाता //
कभी शत्रु भी सहज मित्र स्वयमेव वस्तुतः /
जाने क्या क्या दृश्य दिखाते भाग्यविधाता !

७१. बहुत निराला

कविवर/प्रेमी या योगी.. ये शक्तिमान ही /
विविध कल्पनाओं की भरते ये उड़ान ही //
बहुत निराला इनका तो संसार सर्वतः /
ये तीनों निश्चित अनुपम/अद्भुत/महान ही //

७२. एकाकी

महापुरुष / लेखक / योगी एकाकी रहते /
वचन विलक्षण / मधुर / सरस वे सबसे कहते //
भेदभाव उनके मन में ना कभी तनिक भी /
जो भी देते वचन, उसे वे पूरा करते //

७३. दिव्य साधना

शरण ईश की गए बिना ना दिव्य साधना /
मनुज रखे नित आजीवन ही शुद्ध भावना //
जो रखता मन निर्मल निर्मल नीलगगन सा /
ईशकृपा से पूरी उसकी मनोकामना //

७४. दृढ़तम विश्वास

परम ईश पर नित दृढ़तम विश्वास रखें ही /
आजीवन ना कभी पराई आस करें ही //
जो अन्यों पर निर्भर, उनको अक्षय सुख ना /
धरती जैसा धीरज मन में सदा धरें ही //

७५. परिवर्तनशील

है परिवर्तनशील सदा संसार सर्वतः /
जीते/मरते इसमें जीव अपार सर्वतः //
'नाम वंश का जो उजलाता, वही 'अमर' ही' /
इसी सत्य को सभी करें स्वीकार सर्वतः //

७६. सदाचारी

जिस मनुष्य की सन्तानें अद्भुत सुखदाता /
जो अपने घर स्वतः शुद्ध धन प्रतिदिन लाता //
दुष्ट सुधर जाते जिससे मिल अनायास ही /
वही 'सदाचारी' अक्षय सुख प्रतिपल पाता //

७७. निश्चित तरिए

भले ध्यान सन्तति/धन/पत्नी का भी रखिए /
उनके प्रति कर्तव्य वस्तुतः समुचित करिए //
फिर भी..उसका इक प्रतिशत भी 'प्रेम' वस्तुतः /
परम ईश से रख इस 'भव' से निश्चित तरिए //

७८. केवल सुख

बीत गया जो समय.. लौट वह कभी न आता /
जग में केवल सुख प्रायः कोई ना पाता //
दुख ही दुख ना कभी किसी के भी जीवन में /
सदा रहें त्यों सहज, रखें ज्यों भाग्यविधाता //

७९. दोषारोपण

पिछली पीढ़ी पर दोषारोपण ना करिए /
इस प्रपंच में सचमुच बिलकुल भी ना रहिए //
भूतकाल को याद न करिए कभी प्रायशः /
उच्च सफलता हेतु स्वयं को गतिमय रखिए //

८०. लोकप्रतिष्ठा

निश्चित आवश्यकता से कम भोजन करिए /
लोकप्रतिष्ठा के प्रपंच में कभी न रहिए //
मानें ही सन्तोष ईश की इच्छा में ही /
घोर अहं अपने मन में बिलकुल ना रखिए //

८१. बपौती

मिले जहाँ से ज्ञान, उसे तत्क्षण ही पाएँ /
ज्ञान सुलभ महनीय कभी, तो ना इतराएँ //
ज्ञान 'बपौती' नहीं किसी की, सत्य समझिए /
ज्ञानदान से जीवन रवि सम ही दमकाएँ //

८२. सम्मोहक

बहुत बड़ा सम्मोहक केवल 'प्रणय' वस्तुतः /
इससे अद्‌भुत धक धक करता हृदय वस्तुतः //
प्रेम बिना जग काल कोठरी सत्य मानिए /
नहीं गहनतम प्रणय तुल्य ही विषय वस्तुतः //

८३. मित्र विशेष

जो जो मित्र विशेष, उन्हें घर स्वयं बुलाएँ /
उनका स्वागत करें, कमल सम ही मुसकाएँ //
उनसे चर्चा करें स्वतः निःस्वार्थ सत्यतः /
उन्हें सन्तुलित भोजन मधुरिम/सरस कराएँ //

८४. यश के गीत

चपल इन्द्रियाँ जो भी लेता जीत तत्त्वतः /
जिसकी सबसे निर्मल निर्मल प्रीत तत्त्वतः //
धीर पुरुष जो निरभिमान ही क्रोधरहित भी /
लछमी गाती उसके यश के गीत तत्त्वतः //

८५. घोर घोर आवेश

मन से सारे काम सहजता से ही करिए /
क्रोधमग्न आजीवन बिलकुल भी ना रहिए //
घोर घोर आवेश कभी भी ना आने दें /
अपना मन मलयाचल सम सुरभित ही रखिए //

८६. संकटमोचक

कभी ना रहें आजीवन भीषण आलोचक /
बने रहें सबके हित अद्भुत संकटमोचक //
घोर व्यर्थ की चिन्ताएँ बिलकुल ना पालें /
सत्य/धर्म के रहें प्रबलतम ही उद्घोषक //

८७. कभी न थकिए

भले अधिकता रहे काम की, कभी न थकिए /
महापुरुष भी अपने को ना तनिक समझिए //
निज कर्मों को भार वस्तुतः कभी न मानें /
काम/क्रोध/मद/लोभ/मोह/मत्सर से बचिए //

८८. अनूप

बिना आचरण ज्ञान सर्वदा भाररूप ही /
दुख ही पाता ज्ञानहीन/बलहीन भूप ही //
उसे सफलताएँ आकाशी स्वतः सर्वदा /
जिसके कर्म विशेष विलक्षणतम/अनूप ही //

८९. खोज सत्य की

हृदय मनुज का कटुता ही अविराम जलाती /
खोज सत्य की मानव को आनन्द दिलाती //
सत्य/धर्म/विश्वास आन्तरिक बल देते ही /
मनोभावना बिछुड़ों को स्वयमेव मिलाती //

६०. मेघ

मेघ गगन में भले बहुत अद्‌भुत छा जाएँ /
गरज गरज वे कितना ही अमृत बरसाएँ //
किन्तु, दिवस को रात कभी वे ना कर सकते /
चाहे निजबल वे कितना ही अधिक लगाएँ //

६१. कर्मशीलता

अपने मन में भ्रम बिलकुल भी ना उपजाएँ /
नियत कर्म शुभ..शुद्ध हृदय से करते जाएँ //
समय समय पर उच्च सफलताएँ 'कर्मठ' को /
कर्मशीलता को ही निज आदर्श बनाएँ //

६२. अनुशासित

अनुशासित व्यक्तित्व प्रायशः नहीं हारता /
अन्यों के अधिकार कभी वह नहीं मारता //
अनुशासन से सब सम्भव, यह ज्ञात जिसे भी /
धैर्य धार वह देव तुल्य जीवन सँवारता //

६३. अवनत रहिए

देव / पितर / वृद्धों की पूजा प्रतिदिन करिए /
अतिथि / प्रज्ञ / योगी के प्रति नित अवनत रहिए //
इससे ही सन्तोषरूप धन सुलभ स्वतः ही /
चपल इन्द्रियाँ प्रायः अपने वश में रखिए //

६४. जो परतन्त्र

जो परतन्त्र विशेष, उन्हें दुख नहीं दीजिए /
स्वयं उन्हीं के कष्टों का संज्ञान लीजिए //
अगर, अतिथि आएँ सम्मानित, प्रेमपगे ही /
भावमग्न रह उनका स्वागत स्वयं कीजिए //

६५. अविचल रहिए

घोर घोर अन्याय मिटाने अविचल रहिए /
जिसके मुँह पर जो कहना हो, तत्क्षण कहिए //
बोलें न्यायिक वचन विलक्षण / मधुरिम सबसे /
असम्बद्ध बातें अपनों की कभी न सहिए //

६६. अहिंसा

सब धर्मों में सबसे उत्तम ज्ञेय अहिंसा /
मनुज न समझे निज जीवन में हेय अहिंसा //
सत्य / अहिंसा / न्याय / धर्म 'आदर्श' मानिए /
दिलवा सकती ही मनुष्य को श्रेय अहिंसा //

६७. प्रणय अखण्डित

न्याय हेतु भ्राताओं तक को करिए दण्डित /
कभी न करिए किसी दुष्ट को महिमामण्डित //
अगर, स्वर्ग धरती पर लाने 'संकल्पित' हों /
शुद्ध हृदय से स्वीकारें ही प्रणय अखण्डित //

६८. अतिथि सत्कार

कभी अतिथि सत्कार हृदय से ना ठुकराएँ /
अगर, मिले अपनत्व, उसे ना ही बिसराएँ //
करें शत्रु तक का स्वागत मन से निज घर में /
अति आनन्द विशेष सभी के साथ मनाएँ //

६९. अनभ्यास से

अनभ्यास से विद्या निश्चित विष समान ही /
अज्ञ न पाते कभी विलक्षण / विशद ज्ञान ही //
गहन अध्ययन जो करते ही नित्य सर्वदा /
वे आकर्षित करते सबका सहज ध्यान ही //

१००. स्वच्छन्द विहग

निज घर में परतन्त्र तुल्य बिलकुल ना रहिए /
नित स्वतन्त्र रहने घर में परिवर्तन करिए //
'बन्दी राजा से 'उत्तम' स्वच्छन्द विहग ही' /
इसी तथ्य को सदा ध्यान में अपने रखिए //

१०१. सुमिरन

सुख/दुख में प्रभु का सुमिरन नित करते रहिए /
परम ईश को निर्मलतम मन से ही भजिए //
'सच्ची भक्ति विशेष सुखद' सन्तों का कहना //
सम्भव हो, तो अपनों को नित 'उपकृत' करिए //

१०२. हृदयंगम

केवल अपने लिए मनुज जो जग में जीता /
रिक्त घड़े सा वह आजीवन रीता रीता //
जो सबका उत्तम ही करता निर्मल मन से /
उसने मानो 'हृदयंगम' ही कर ली गीता //

१०३. प्रारब्ध

यदि, मन सुस्थिर, सब कुछ ही उपलब्ध वस्तुतः /
मनुज कहे ही सरस/मधुरतम शब्द वस्तुतः //
सम्भव है सब कुछ परिवर्तन इस त्रिभुवन में /
किन्तु, ना कभी परिवर्तित प्रारब्ध वस्तुतः //

१०४. समय विशाल

सम्प्रेरक ही अनुपम समय विशाल वस्तुतः /
तुरत पकड़ लें स्वयं समय की चाल वस्तुतः //
माना ही आदर्श 'काल' को जिस साधक ने /
वही 'विलक्षण' जग में स्वतः निहाल वस्तुतः //

१०५. राजा जैसे रहिए

अत्याचारी के प्रति 'द्रोह' तुरत ही करिए /
उस पर 'दृष्टि' विशेष गुप्ततः निश्चित रखिए //
परम ईश को ही अपना सर्वस्व मान लें /
बिन पद के भी अनुपम 'राजा' जैसे रहिए //

१०६. चिन्ताएँ ना प्रायः

निज रहस्य मित्रों से सचमुच अधिक न कहिए /
सावधान अपने रिपुओं से प्रतिपल रहिए //
इससे चिन्ताएँ ना प्रायः कभी किसी को /
घोर घोर विश्वासघातियों से भी बचिए //

१०७. योग

संयत रह अधिकारों का उपयोग करें ही /
अपने धन का समुचित ही उपभोग करें ही //
सदा स्वस्थ रखने हों तन/मन स्वतः वस्तुतः /
आजीवन नित प्रतिदिन नियमित 'योग' करें ही //

१०८. निजी स्वार्थ से

निजी स्वार्थ से स्वाभिमान तक झुक/बिक जाता /
मनुज श्वान सम बार बार तब..पूँछ हिलाता //
पर, जिसका व्यक्तित्व उच्च 'गजराज' तुल्य ही /
शीश स्वयं का वह बिलकुल भी नहीं झुकाता //

१०९. वरदान वस्तुतः

'प्रबल स्वस्थता/सद्विवेक वरदान वस्तुतः' /
मनुज रखे ही इसी 'तथ्य' का ध्यान वस्तुतः //
ढीलमढालम जो मनुष्य घनघोर आलसी /
स्वतः विफलतम उसके सब अभियान वस्तुतः //

११०. बिना स्वस्थता

बिना स्वस्थता भूख भयंकर कभी न लगती /
अन्यों से छीनी रोटी बिलकुल ना पचती //
धन विशुद्ध ही जिस भी मानव के घर आता /
उसकी 'जीवनधारा' प्रतिपल सुख से बहती //

१११. अपराधी

यदि, मुख पर अपराध विकट अंकित हो जाते /
तो अपराधी आजीवन सुख कभी न पाते //
निरपराध/निश्चल/निश्छल/निर्भय/नियमित जो /
दिव्य स्वर्ग वे अपने मन में सहज बसाते //

११२. धर्म सनातन

कभी भूलकर भी ना करिए कर्म अपावन /
सदा रहें वरदायक ही ज्यों रिमझिम सावन //
स्वर्गाधिक सुख उन्हें हस्तगत स्वतः सर्वतः /
हृदयंगम ही जिनको अनुपम धर्म सनातन //

११३. पावनत्व

अधिक आयु से 'मनुज' बड़ा ना माना जाता /
अतुलित वैभव से मानव ना उच्च कहाता //
महापुरुष वह, परम तत्त्व का ज्ञान जिसे भी /
पावनत्व मन का मनुष्य को 'देव' बनाता //

११४. उच्च प्रतिष्ठा

कभी किसी को भी दुख बिलकुल ना पहुँचाएँ /
व्यर्थ किसी की उच्च प्रतिष्ठा नहीं गिराएँ //
निरपराध को 'न्याय' दिलाएँ निज प्रभाव से /
सज्जन को दोषी सचमुच ही ना ठहराएँ //

११५. निश्चित चलिए

मात/पिता को तो आजीवन कभी न तलिए /
अन्यों के वैभव से बिलकुल भी ना जलिए //
देवपुरुष सम यदि, आनन्दित ही रहना हो /
वृद्ध बताएँ जो, उस 'सत्पथ' पर ही चलिए //

११६. शासक

निजी देश को जो 'राजा' रक्षित ही रखता /
सकल प्रजा से 'प्रेम' विलक्षणतम ही करता //
अपराधी को दण्डित करता न्यायोचित ही /
आजीवन ही वही सफलतम 'शासक' रहता //

११७. निन्दक

निन्दक, चाहे जिसकी निन्दा प्रतिदिन करते /
पाप आदि से वे आजीवन कभी न डरते //
जो निन्दक ना, उनका जीवन सुखमय/मधुमय //
प्रज्ञ जगत इस देव तुल्य ही सदा विचरते //

११८. आग पेट की

अन्न अग्नि से अनायास सचमुच पक जाता /
आग पेट की वही अन्न तत्काल बुझाता //
मूल मुक्ति का, ज्ञान विलक्षण बस..ऐसे ही /
प्रज्ञ सदा योगी सम ही आनन्द मनाता //

११६. विश्वपटल पर

ढुलमुल ढुलमुल, शंकित शंकित कभी न रहिए /
वंश/देश को घोर कलंकित तनिक न करिए //
निज प्रतिभा/गरिमा/महिमा/शुचिता/दृढ़ता से /
विश्वपटल पर अनुपम छवियाँ अंकित रखिए //

१२०. विकल कभी ना

सुख बाहर से मिलने वाली वस्तु कभी ना /
जो अस्थिर, वे आजीवन ही सुखी कभी ना //
जिनका मन अविचल अविचल/अनुकूल सर्वथा /
वे निश्चिन्त विशेष वस्तुतः विकल कभी ना //

१२१. मौन रहें

मौन साधना, 'चुप' रहने का नाम वस्तुतः /
चुप रहने से सध जाते सब काम वस्तुतः //
जब तक चंचल मन, तब तक ना लक्ष्य सिद्ध ही /
सम्भव हो, तो 'मौन' रहें अविराम वस्तुतः //

१२२. ढोंगी/कपटी

कुछ भी रहिए, ढोंगी/कपटी कभी न रहिए /
वचन प्रेममय/रसमय/मधुमय/सुखमय कहिए //
ज्ञानपिपासा उत्कण्ठित रखती मनुष्य को /
ज्ञानरूप अमृतधारा में अविरल बहिए //

१२३. जीवमात्र का धर्म

कर्म निरन्तर जीवमात्र का धर्म सर्वथा /
मनुज बनाता मनुज..विलक्षण कर्म सर्वथा //
'सदा कर्म की बहुत गहन गति'-'कृष्ण' बोलते /
प्रज्ञ जानते क्या कर्मों का मर्म सर्वथा //

१२४. सम्पर्क

जो ज्ञानी, उनसे सम्पर्क निरन्तर रखिए /
मनोयोग से उनका समुचित आदर करिए //
कपट त्याग, एकाकी रहना 'उत्तम' सबसे /
सम्भव हो, तो नित्य नए 'प्रतिमान' विरचिए //

१२५. नित्य नहाएँ

सोच समझ ही आगे आगे चरण बढ़ाएँ /
निम्न धरातल से ऊँचे शिखरों तक जाएँ //
अचल रहें उन शिखरों पर ही निज यत्नों से /
दिव्य ज्ञान की धाराओं में नित्य नहाएँ //

१२६. सबसे उत्तम

सदा समय पर भोजन करना सबसे उत्तम /
आजीवन निर्मलतम रहना सबसे उत्तम //
द्वेषभाव / कटुता / प्रपंच / छल त्याग दुष्टता /
आकाशी प्रतिमान विरचना सबसे उत्तम //

१२७. दान

माँग अन्य से, दान तनिक भी नहीं दीजिए /
ऐसे अनुचित कर्म कभी भी नहीं कीजिए /
जो कुछ भी हो पास, दान वह करिए मन से /
शुभकर्मों से ही मन के आनन्द लीजिए //

१२८. देते छाया

वृक्ष सभी को देते गहरी गहरी छाया /
रवि का भारी आतप सहती उनकी काया //
महापुरुष परहित में ऐसा निश्चित करते /
कष्ट सहे जिसने, वह आगे सुख ही पाया //

१२९. नभ में आदित्य

सर्वाधिक 'सम्प्रेरक' ही साहित्य सत्यतः /
ज्ञात पाठकों को इसका लालित्य सत्यतः //
अनुपम लेखक प्रेरित ही करते समाज को /
उनका जीवन ज्यों नभ में आदित्य सत्यतः //

१३०. न्याय

सज्जन करते न्याय स्वयं अविराम सर्वथा /
निश्चित नियमित उनके सारे काम सर्वथा //
अहित किसी का नहीं सोचते, ना करते वे /
उन्हें ज्ञात अन्यायों के परिणाम सर्वथा //

१३१. शिक्षा के आनन्द

शिक्षा मानव को समुचित व्यवहार सिखाती /
यह सुसभ्य / संस्कारित रहना स्वतः बताती //
शिक्षा के आनन्द अनूठे / महाप्रभावी /
यही मनुज को अनायास ही देव बनाती //

१३२. सबसे उत्तम मित्र

मात / पिता ही सबसे उत्तम मित्र सत्यतः /
सन्तति के हित उनके भाव पवित्र सत्यतः //
उनका कोप स्वतः वरदायक / हितकारक ही /
वे दिखलाते सुख के अनुपम चित्र सत्यतः //

१३३. हृदय की बात

अगर, आपको लोग हृदय की बात बताएँ /
अपने दुखड़े सिसक सिसक स्वयमेव सुनाएँ //
सुनें ध्यान से उनके मन के दुख निश्चित ही /
तत्क्षण ही अपनत्व विलक्षण भी दर्शाएँ //

१३४. स्वभावतः

जो करता बातें बिलकुल सुस्पष्ट वस्तुतः /
कभी किसी को भी ना देता कष्ट वस्तुतः //
करता ना विश्वासघात जो आजीवन ही /
वह स्वभावतः तनिक न रहता भ्रष्ट वस्तुतः //

१३५. उच्च/नीच

मनुज जन्मतः उच्च/नीच बिलकुल ना होता /
जो अतिशंकित, वह आजीवन ढर ढर रोता //
जो निःशंक/निगूढ़/निपुणतम/नियमबद्ध ही /
सुखसागर में वही लगाता अमृत गोता //

१३६. सद्‌व्यवहार

दुर्जन देते सबको कष्ट अपार सर्वथा /
सज्जन करते सबसे सद्‌व्यवहार सर्वथा //
बहुत बड़ा ही यह अन्तर दुर्जन/सज्जन में /
सभी जान लें अतिविचित्र संसार सर्वथा //

१३७. निरन्तर मुदित

जिस घर नारी सहज, निरन्तर मुदित सर्वतः /
करती नियमित कर्म समय पर उचित सर्वतः //
भले करें विश्वास..नहीं भी करें सर्वथा /
उस घर सुख की भोर नित्यशः उदित सर्वतः //

१३८. सचमुच रहे प्रसन्न

मानव अगर, प्रशान्त, वही सम्पन्न सर्वथा /
यदि, अशान्त, तो प्रायः घोर विपन्न सर्वथा //
परख बुद्धि से सदा सभ्यता/दया आदि की /
व्यक्ति यत्नतः सचमुच रहे प्रसन्न सर्वथा //

१३९. मनुज सम्पन्न

अगर, मनुज सम्पन्न, शत्रु भी 'प्रिय' बन जाते /
करते वे यशगान निरन्तर, नहीं अघाते //
किन्तु, परख मित्रों की केवल विपदाओं में /
परम मित्र ही सदा मधुर सम्बन्ध निभाते //

१४०. जग के बाहर

रह जग में भी सचमुच जग के बाहर रहिए /
महामोह विकराल हृदय निज तनिक न रखिए //
प्रज्ञ / विवेकी / ज्ञानी / गुरु ऐसा करते ही /
मर्यादाओं / कर्तव्यों का पालन करिए //

१४१. नित्य परखिए

हम कितने गहरे पानी में? नित्य परखिए /
अपने नियम विशेष कभी भी नहीं बदलिए //
भले इन्द्र सम वैभव ही हो किसी अन्य का /
देख देख उसको सचमुच बिलकुल ना जलिए //

१४२. यह दुर्लभ ही

किसी व्यक्ति को सदा सुख मिलें, यह दुर्लभ ही /
तालाबों में कमल नित खिलें, यह दुर्लभ ही //
सत्यनिष्ठ तो हरिश्चन्द्र सम सत्यनिष्ठ नित /
सत्य/धर्म से प्रज्ञजन हिलें, यह दुर्लभ ही //

१४३. गन्ध धीरता की

गन्ध धीरता की जग में अद्भुत छा जाती /
घोर वीरता रण में रिपुगण स्वतः तपाती //
महाबली रणधीर युद्धरत सदा अन्त तक /
उनकी महिमा उच्च 'प्रेरणा' सहज दिलाती //

१४४. नित्य प्रेम से

झगड़ा करके जो व्यंजन मधुरिम ही खाते /
उन्हें वस्तुतः वे सचमुच ही पचा न पाते //
जो खाते रूखी सूखी ही नित्य 'प्रेम' से /
वे रहते ही स्वस्थ, सदा आनन्द मनाते //

१४५. भड़कीले परिधान

भोज चटपटा/तीखा, प्रायः उससे बचिए /
भड़कीले परिधान नग्न सम, उनको तजिए //
साधारण रहिए आजीवन 'ज्ञानमग्न' ही /
अपने मन में दयाभाव सबके प्रति रखिए //

१४६. झूठ

झूठ एक के बाद एक बिलकुल ना बोलें /
अपने मन की बात प्रायशः कभी न खोलें //
सदुपयोग ही करें समय का आजीवन ही /
इधर उधर ही व्यर्थ वस्तुतः कभी न डोलें //

१४७. नियत समय पर

जो अन्यों के हित में प्रतिदिन लगा वस्तुतः /
नियत समय पर सोकर जो भी जगा वस्तुतः //
उसका जीवन स्वतः सफलतम महापुरुष सा /
कर्मशील जो सदा प्रेम में पगा वस्तुतः //

१४८. गुण/धर्म

जो समान गुण/धर्म आदि पर ना आधारित /
वही 'मित्रता' किसी समय भी घोर विवादित //
हैं समान गुण/धर्म जहाँ मन पावनतम ही /
वह 'मैत्री' ही कृष्ण/सुदामा तुल्य विभासित //

१४९. यश के झण्डे

बुरी आदतें मनोभूमि से तुरत उखाड़ें /
कौन शत्रु या प्रबल मित्र..मन से ही ताड़ें //
घोर मतलबी जो, उनसे ना करें मित्रता /
विस्तृत नभ से भी ऊँचे यश के ध्वज गाड़ें //

१५०. अतुलित ज्ञान

'जन्म समय हो मनुज भले धनवान वस्तुतः /
चाहे अर्जित कर ले अतुलित ज्ञान वस्तुतः //
वही अन्ततः खाली हाथ स्वतः जाता ही' /
इन तथ्यों का सभी रखें ही ध्यान वस्तुतः //

१५१. भ्रम/शंका

युवा अवस्था जाते देर अधिक ना लगती /
यही अवस्था भ्रम/शंका में सबको रखती //
अद्‍भुत अद्‍भुत कर्म कराती यही अवस्था /
पर, इसमें प्राणी को अपनी सुध ना रहती //

१५२. आनन्दित

विपदाओं से जो आजीवन तनिक न डरते /
जो निज मन को हिमगिरि सम अविचल ही रखते //
ईशकृपा जो सदा समझते ही सुख/दुख को /
देवपुरुष सम प्रतिपल वे आनन्दित रहते //

१५३. उद्यम से

नष्ट सम्पदा 'उद्यम' से वापस आ जाती /
जो निश्चिन्त, उन्हें चिन्ता भी नहीं सताती //
किन्तु, प्रतिष्ठा कभी गई, तो गई समझिए /
वह दोबारा लौट वस्तुतः कभी न आती //

१५४. लक्ष्य विशेष

जो जल्दी सोते प्रतिदिन जल्दी उठ जाते /
मात/पिता को उठते ही नित शीश नवाते //
वे मेधावी/स्वस्थ/गुणी/सम्पन्न/सरस भी /
वे निज लक्ष्य विशेष समय से पहले पाते //

१५५. क्रूर/अभागे

अन्यों को दुख देकर सुख बिलकुल ना पाएँ /
ऐसी त्रुटियाँ कभी भूलकर ना दुहराएँ //
जो ऐसा करते, वे भीषण क्रूर/अभागे /
इस श्रेणी में आप स्वयं को कभी न लाएँ //

१५६. बिना भूख के

बिना भूख के खाया भोजन कभी न पचता /
पापकर्म से आया धन बिलकुल ना बचता //
बिना दुखों के अनुपम सुख ना स्वर्ग तुल्य ही /
उसे कष्ट विकराल, लोभ जो तनिक न तजता //

१५७. वरदान

रूपवान ना प्रायः अतिगुणवान वस्तुतः /
सुन्दरतम को घोर घोर अभिमान वस्तुतः //
निष्कलंक सुन्दरता मन को सदा मोहती /
रूपवान/गुणवान सदा 'वरदान' वस्तुतः //

१५८. एक कला भी

एक कला भी अनुपम जिसके हाथ सत्यतः /
अद्‌भुत वैभव मानो उसके साथ सत्यतः //
कलाकार/कविवर/अनुपम संगीतनिपुण भी /
आजीवन ये रहते नहीं अनाथ सत्यतः //

१५९. अन्तर्मन ही

जिसके हित सम्प्रेरित करता 'अन्तर्मन' ही /
जिससे सहज कृतार्थ वस्तुतः निज जीवन ही //
वह सर्वोपरि, सबसे उत्तम, वह अनुपम भी /
कर्म करें वे, जिनसे पुलकित रहें स्वजन ही //

१६०. भावुक

करने जो भी काम आप बिलकुल ना इच्छुक /
जिन कर्मों से स्वतः आपके मन में धुक धुक //
उनके हित अन्यों को प्रेरित कभी करें ना /
वैसे आप रहें आजीवन मन मन भावुक //

१६१. व्यर्थ गालियाँ

मन को भारी दुख पहुँचातीं व्यर्थ गालियाँ /
गरमी में छाया ना देतीं शुष्क डालियाँ //
उसे नरक सम कष्ट भयंकर स्वतः अन्ततः /
जो अन्यों की त्वरित छीनता भरी थालियाँ //

१६२. बिना निमन्त्रण

बिना निमन्त्रण दुख/विपदाएँ आ ही जाते /
ये जीवन मथते, मन को भारी अकुलाते //
प्रभु का सुमिरन जो करते ही प्रतिदिन सुख में /
तनिक सोचिए..उनको कष्ट कहाँ से आते ?

१६३. संकल्पित हों

अन्यों को धोखा दे घर में धन ना लाएँ /
कभी किसी का मन भी प्रायः नहीं दुखाएँ //
निश्चित संकल्पित हों, सबको सुख देने ही /
शुभकर्मों से अपने मन में स्वर्ग बसाएँ //

१६४. धन कुबेर सम

धन कुबेर सम भले नष्ट निश्चित हो जाए /
भले ठगोरा भारी ठग दुख ही पहुँचाए //
नीच करें अपमान कभी भीषण दुत्कारें /
किन्तु, 'विवेकी' इन्हें किसी को ना बतलाए //

१६५. धन की भूख

धन से धन की भूख भयानक बढ़ती रहती /
वृत्ति लोभ की मन को भारी विचलित रखती //
जब आता सन्तोषरूप धन 'ईशकृपा' से /
असन्तोषरूपी विपदा उससे ही घटती //

१६६. संसार बदलता

मानव दृढ़तम 'निर्णय' से संसार बदलता /
दिए वचन से सत्यनिष्ठ ना कभी पलटता //
जिसने यश के पुष्प खिलाए हों 'मधुवन' में /
वह मलयाचल के चन्दन सा सदा महकता //

१६७. गहरी निद्रा

घोर परिश्रम से ही गहरी निद्रा आती /
समरभूमि में विजय वीर को सुख पहुँचाती //
गरमी से छुटकारा दिलवाती प्रिय वर्षा /
मृत्यु.. दुखी / रोगी को जग से 'मुक्त' कराती //

१६८. प्रणय न बँधता

किसी क्षेत्र में, कभी समय में प्रणय न बँधता /
आजीवन ही यह स्वतन्त्र/निर्भय ही रहता //
प्रणय सर्वदा हितकर/प्रियकर/सुखकर/मधुकर /
कभी कभी तो 'प्रेम' नरक सम दुख भी सहता //

१६९. अटल सत्य ही

'काल' वस्तुतः सकल विश्व का अटल सत्य ही /
स्वीकारें ही इसे विलक्षण अचल तथ्य ही //
'जिसको चाहे..काल उसी पल हर ले जाता' /
शाश्वत/सुस्थिर/अविचल/लौकिक यही कथ्य ही //

१७०. योग

निज वैभव का नित समुचित उपभोग करें ही /
सुलभ वस्तुएँ जो, उनका उपयोग करें ही //
अगर, सर्वतः सहज/स्वस्थ ही रहना हो, तो /
प्रतिदिन/नियमित ध्यान लगाकर 'योग' करें ही //

१७१. विश्वविदित

विश्वविदित ही आप भले कितने हो जाएँ /
सुयश विलक्षण देव तुल्य कितना ही पाएँ //
इक कलंक भी 'अपयश' का, दुखदायक भारी /
सावधान रह निज जीवन महनीय बिताएँ //

१७२. धनसंग्रह

घोर घोर अपव्यय आजीवन कभी न करिए /
कष्ट निवारण हित 'धनसंग्रह' कर ही रखिए //
महाकृपणता दुखदायक ही 'सत्य' मानिए /
आजीवन ही सदा 'महाराजा' सम रहिए //

१७३. थोड़े में

बहुत बड़ी बातें भी थोड़े में ही कहिए /
जैसे सज्जन विमल, सदा ऐसे ही रहिए //
इसमें ही चातुर्य..भले मानें, ना मानें /
संकट आएँ..तो भी उनको हँस कर सहिए //

१७४. महावीर

कायर/भीरु विशेष नित्य ही मर मर जाते /
महायशस्वी होने वे कुछ ना कर पाते //
रण में मरते 'महावीर' तो एक बार ही /
उनका सुयश विराट उन्हीं के कर्म गवाते //

१७५. निश्चिन्त

भाग्य प्रायशः वीरों के ही संग वस्तुतः /
घोर वीरता का अपना ही रंग वस्तुतः //
रहते ही निश्चिन्त वीर तो आजीवन ही /
उनके मन नित सागर तुल्य उमंग वस्तुतः //

१७६. दुख चाहे आएँ

भले सिंह भूखे हों, घास कभी ना खाते /
अश्व रहें दुर्बल, गर्दभ सम ना हो पाते //
नहीं माँगते भीख विज्ञ, दुख कितने भी हों /
वे मति/बल से आकाशी आयाम रचाते //

१७७. ना सकुचाएँ

करें हास/परिहास समय पर ना सकुचाएँ /
घोर घोर दुर्भाव हृदय निज कभी न लाएँ //
कभी किसी का भी उपहास करें ना भारी /
इसे अंग जीवन का बिलकुल नहीं बनाएँ //

१७८. वरदान तुल्य ही

मित्र मिलेंगे गिने चुने ही, जान लीजिए /
कभी किसी को चाहे जब ना ज्ञान दीजिए //
एक विलक्षण मित्र सदा 'वरदान' तुल्य ही /
समय समय पर उसका भी सम्मान कीजिए //

१७९. उन्नति भाषा की

उन्नति भाषा की, तो वर्धित स्वतः सभ्यता /
मन में रक्खें सूर्य तुल्य ही भव्य प्रखरता //
अति अद्भुत वाणीविलास से सभी मुग्ध ही /
ज्ञान / योग / सद्भाव / सत्य से सदा रम्यता //

१८०. हर इच्छा

कुछ इच्छाएँ सचमुच रहतीं सदा अधूरी /
लोभ आदि से हर मनुष्य रक्खे ही दूरी //
घोर असम्भव..तारे तोड़ धरा पर लाना /
हर इच्छा मानव की प्रायः कभी न पूरी //

१८१. घोर दुष्ट

घोर दुष्ट जो, वे नरकों में निश्चित जाते /
यत्न करें वे कितने ही, वापस ना आते //
शुभकर्मों से सज्जन जाते स्वतः स्वर्ग ही /
वे प्रतिपल अक्षय सुख पा आनन्द मनाते //

१८२. सफल वस्तुतः

माँ से बढ़कर 'गुरु' ना कोई सबल वस्तुतः /
माँ से ही सन्तानें अद्भुत प्रबल वस्तुतः //
मात/पिता से जो आशीष हृदय से लेते /
उनका जीवन देव तुल्य ही सफल वस्तुतः //

१८३. व्यभिचार

चाहे जो हो, घोर घोर व्यभिचार करें ना /
दुष्टों जैसा भीषण दुर्व्यवहार रखें ना //
सदा सहजता मन को अतुलित सुख देती ही /
नित अधीरता चंचल मन में कभी धरें ना //

१८४. भ्रम

सदा सादगी सचमुच ही मन से अपनाएँ /
सहज मित्रता को आजीवन स्वयं निभाएँ//
मित्रों का अपमान भूलकर कभी करें ना /
अपने मन में कोई भी भ्रम ना उपजाएँ //

१८५. जन्म/मृत्यु

जन्म/मृत्यु दोनों ही इस जग में स्वाभाविक /
सभी समझ लें जग अनित्य/दुखदायक/मायिक /
एक विलक्षण युक्ति इसी 'भव' से तरने की /
कर्म करे ही मानव पावन कायिक/वाचिक //

१८६. अजर/अमर

देह मनुज की क्रमिक जन्म लेती, मरती ही /
चिन्ता मानव के जीवन को नित हरती ही //
आत्मा मरती नहीं वस्तुतः नहीं जन्मती /
अजर/अमर वह सुस्थिर भी कुछ ना करती ही //

१८७. वरदान

यदि, करना सत्पुरुषों का सम्मान तत्त्वतः /
उनको मानें 'प्रभु' का ही वरदान तत्त्वतः //
करें नित्य अनुकरण उन्हीं के आदर्शों का /
रक्खें अनुयायी इतना ही ध्यान तत्त्वतः //

१८८. निरर्थक बात

कर्म/वचन/मन से आजीवन घात करें ना /
कभी किसी से व्यर्थ निरर्थक बात करें ना //
घोर नरक में, अगर, कभी भी ना जाना हो /
अत्याचार किसी पर भी दिनरात करें ना //

१८९. संज्ञान लीजिए

'व्यर्थ बहुत सम्मान किसी को नहीं दीजिए' /
इसी तथ्य का आजीवन संज्ञान लीजिए //
अज्ञों को सम्मान वस्तुतः घोर मूर्खता /
सोच समझ ही अनुपम अनुपम काम कीजिए //

१६०. मुक्त तुल्य

काल ईश का अतिविचित्र वरदान तत्त्वतः /
काल सृष्टि में सर्वाधिक बलवान तत्त्वतः //
उसके आने पर जो स्वागत निरत हृदय से /
मुक्त तुल्य ही वही मनुज मतिमान तत्त्वतः //

१६१. आवश्यकताएँ

आवश्यकताएँ मानव की पूरी होतीं /
सब इच्छाएँ पूरी ना, वे नयन भिगोतीं //
यही नियम है परम ईश का सदा 'सत्य' ही /
कार्यकुशलता सुख के सुन्दर हार पिरोती //

१६२. सम्राट

ज्ञान नहीं दें, उदाहरण ही प्रस्तुत करिए /
तन/मन को प्रतिपल अद्‌भुत/चेतनतम रखिए //
शुभकर्मों से 'सम्प्रेरक' बनिए इस जग के /
ज्यों अनुपम 'सम्राट' सदा ऐसे ही रहिए //

१६३. श्रम का मोल

श्रमिकों को उनके ही श्रम का मोल दीजिए /
उनके हित ज्यों द्वार कोश के खोल दीजिए //
अत्यावश्यक काम उन्हीं से करवाना, तो /
बहुत प्रेम से उसी विषय में बोल दीजिए //

१६४. ढर ढर रोता

उपदेशों से जो मनुष्य चेतन ना होता /
घोर अहंवश वह अपना सब कुछ ही खोता //
परामर्श तक ना लेता जो वृद्धजनों से /
चक्रवात से कष्टों के वह ढर ढर रोता //

१६५. न्याय प्रेरणा

ग्रहण योग्य जो जो, उनको ही ग्रहण कीजिए /
जो अनुचित हो, उसे तुरत ही त्याग दीजिए //
हंस दूध/पानी से पीता मात्र दुग्ध ही /
न्याय प्रेरणा अतः, हंस से स्वयं लीजिए //

१६६. अशिष्ट

नीच सभ्यता का करते ही बहुत दिखावा /
मन में उनके दाँव/द्वेष/छल/कपट/छलावा //
स्वार्थ साधने वे अशिष्ट घनघोर सर्वदा /
सज्जन होने का वे करते प्रतिदिन दावा //

१६७. अन्नदान

भले न सौ को, किसी एक को भोज कराएँ /
उसके जीवन में 'वसन्त' सुरभित ले आएँ //
अन्नदान का भी महत्त्व गुरुओं से जानें /
निज मन में सन्तोष विलक्षण तत्क्षण पाएँ //

१६८. दुर्ग एकता का

दुर्ग एकता का सबसे ही सबल वस्तुतः /
इसी एकता से ही मानव प्रबल वस्तुतः //
अगर, बोथरी आरी, तो लोहा ना कटता /
लोग एकजुट सर्वाधिक ही सफल वस्तुतः //

१६९. अनुपम शोभित

पूर्ण चन्द्र से रात सर्वदा अनुपम शोभित /
उदित सूर्य से विश्व स्वर्ण सम ही आलोकित //
बस..ऐसे ही एक विज्ञ/सच्चरित पुत्र से /
मात/पिता/कुल/देश विलक्षण अद्भुत द्योतित //

२००. 'ऋणमुक्त'

यदि, ऋण घर में आता, तो प्रायः ना जाता /
यही ऋणी की चिन्ताएँ घनघोर बढ़ाता //
जो 'ऋणमुक्त' विशेष, वही निश्चिन्त सर्वतः /
स्वर्गाधिक आनन्द वही निज मन में पाता //

२०१. भीषण रोष

दुखदायक ही प्रतिपल भीषण रोष सत्यतः /
कोषों में अनुपम विद्या के कोष सत्यतः //
उसको कोषों से सचमुच क्या लेना देना /
जिसके मन में सर्वाधिक सन्तोष सत्यतः //

२०२. अनहोनी

मति को ही अनहोनी पल में भ्रमित कराती /
मृत्यु कहाँ से कहाँ मनुज को ले ही जाती //
बसे हृदय में 'प्रभु' को जो नित अनुभव करता /
उसे अमरता मुक्ति तुल्य आनन्द दिलाती //

२०३. नहीं तोड़िए

संग दुर्जनों का तत्क्षण स्वयमेव छोड़िए /
अन्यों का व्यक्तित्व कभी भी नहीं ओढ़िए //
निज व्यक्तित्व विशेष सँवारें 'राजा' जैसा /
अतिमधुरिम सम्बन्ध कभी भी नहीं तोड़िए //

२०४. सर्वाधिक सम्प्रेरक

कायर/शंकित हेतु सभी कुछ घोर असम्भव /
महाबली/ज्ञानी हित कुछ भी सचमुच सम्भव //
दृढ़/संकल्पित नित्य नव्य इतिहास रचाते /
सर्वाधिक सम्प्रेरक उनके विस्तृत अनुभव //

२०५. सुन्दर आँचल

आजीवन ही घोर उतावल कभी न करिए /
धन के पीछे पागल पागल तनिक न रहिए //
यदि, पाना हो कल्पवृक्ष सम अनुपम छाया /
अपने सिर पर माँ का सुन्दर आँचल रखिए //

२०६. परम मित्र

एक शत्रु भी मानव हित भारी दुखदायक /
जिनका निर्मल मन, वे मित्र सदा सुखदायक //
प्रिय मित्रों पर हिमालयी विश्वास कीजिए /
परम मित्र ही देव तुल्य अनुपम वरदायक //

२०७. अपने दुख

अब..सुनने को लोग नहीं तैयार वस्तुतः /
शेष रहा ना जग में प्रेम अपार वस्तुतः //
अपने दुख अतएव किसी को नहीं बताएँ /
अतिविचित्र / मायावी यह संसार वस्तुतः //

२०८. भरपूर रहें ही

साँड/शराबी/श्वान/धनिक से दूर रहें ही /
घोर अहं में स्वयं कभी ना चूर रहें ही //
कभी रहें ना रिक्त घड़े जैसे जीवन में /
सप्त महासागर जैसे भरपूर रहें ही //

२०९. मन प्रसन्न

मन विचलित, तो लोग व्यर्थ भारी दुख पाते /
मन प्रसन्न, तो, सारे दुख निश्चित मिट जाते //
जो मन निज वश रखते, वे तो 'महाप्रज्ञ' ही /
जो जो मन के वश में, वे ही अज्ञ कहाते //

२१०. सन्नारी

सन्नारी घर पर अति अद्भुत प्रेम लुटाती /
बिना निमन्त्रण कभी किसी के घर ना जाती //
ना प्रपंच करती, लीला/माया ना रचती /
शुभकर्मों से वह निज घर को स्वर्ग बनाती //

२११. जो मुसकाते

बहुत अधिक दुख होने पर भी जो मुसकाते /
जो अन्यों के मन में भी भ्रम ना उपजाते //
स्वयं वस्तुतः तनिक भ्रमित भी ना रहते जो /
वे 'जलधर' सम आजीवन अमृत बरसाते //

२१२. घोर पढ़ाकू

मन ही मन भयभीत/विकल ही रहते डाकू /
अति अद्भुत सुख/चैन न पाते कभी लड़ाकू //
किन्तु, सुखी सर्वत्र वस्तुतः आनन्दित ही /
चमत्कार अगणित कर सकते घोर पढ़ाकू //

२१३. आनन्द लीजिए

जब तब भारी तू तू, मैं मैं नहीं कीजिए /
परामर्श/उपदेश व्यर्थ ना कभी दीजिए //
मानव जीवन मिला स्वर्ग से भी अद्भुत ही /
द्रष्टा सम ही उसका नित आनन्द लीजिए //

२१४. वश में लाएँ

अपने मुँह पर ही लगाम स्वयमेव लगाएँ /
निज 'रसना' को स्वतः यत्नतः वश में लाएँ //
रहें सन्तुलित/सहज/नियन्त्रित/मृदुल/सभ्य ही /
विपदाओं से प्राण वस्तुतः नित्य बचाएँ //

२१५. भ्रमित ना रहें

द्वेष / दुष्टता / लोभ / छल / कपट ना अपनाएँ /
प्रबल आत्मविश्वास विलक्षण सतत बढ़ाएँ //
जग की भूलभुलैया मन में भ्रम उपजाती /
भ्रमित ना रहें, कुछ अति अद्‌भुत कर दिखलाएँ //

२१६. वरदायक

घोर प्रशंसा ज्यों विचित्रतम जाल भयानक /
इसमें मानव फँसता खग सम तुरत अचानक //
कभी किसी भी फन्दे में आने से बचिए /
अनायास ही जीवन तब अनुपम वरदायक //

२१७. घोर प्रशंसा

ठगने का अति अद्‌भुत साधन घोर प्रशंसा /
सबको लगती अतिमनभावन घोर प्रशंसा //
व्यर्थ प्रशंसा करनेवालों से बचिए ही /
चापलूस का धर्म सनातन घोर प्रशंसा //

२१८. प्रमुदित रहिए

बाद हानि के, चिन्ताएँ बिलकुल ना करिए /
पर, भविष्य में बहुत सँभल करके ही चलिए //
चिता धधकती, भस्म देह त्यों चिन्ताओं से /
रह निश्चिन्त विशेष चन्द्र सम प्रमुदित रहिए //

२१९. स्वयं पाइए

चिन्ताओं के संग शयन हित नहीं जाइए /
सदा सुखी रहने, 'परधन' ना कभी खाइए //
सर्वहितैषी / उपकारी / ज्ञानी रहकर ही /
स्वर्ग तुल्य अक्षय सुख मन में स्वयं पाइए //

२२०. चरण तले आकाश

मानव मन से ना हो तनिक निराश सर्वथा /
अन्यों को ना सचमुच करे हताश सर्वथा //
निरभिमान/निश्चल/निश्छल/निर्भय/निःस्पृह जो /
उन प्रज्ञों के चरण तले आकाश सर्वथा //

२२१. नित्य नव्य इतिहास

निज मति/बल/उद्यम पर ही विश्वास रखें ही /
सन्तानों तक से ना धन की आस करें ही //
सत्य / धर्म / दृढ़ता / शुचिता / गरिमा ना त्यागें /
आत्मशक्ति से नित्य नव्य इतिहास रचें ही //

२२२. मुसकाते रहिए

रिपुओं की सूची में चिन्ता पहले रखिए /
अपने को निश्चिन्त/विलक्षण/सुस्थिर करिए //
घूरे पर ही फेंक आइए चिन्ताओं को /
स्वर्णकमल सम आजीवन मुसकाते रहिए //

२२३. निर्णय

समय समय पर निर्णय उचित/कठोर लीजिए /
कर्म ऐतिहासिक ही अतिघनघोर कीजिए //
तीव्र पवन सब वृक्ष झुमाता ज्यों वर्षा में /
निज कृतित्व से त्यों यह जग झकझोर दीजिए //

२२४. चिन्तारूपी नागिन

चिन्तारूपी नागिन हर मानव को डँसती /
दुखित / व्यथित को देख यही मन ही मन हँसती //
जो कर्मठ / संकल्पित / दृढ़तम / प्रज्ञ / साहसी /
चिन्ता उनके पास कभी भी नहीं फटकती //

२२५. अनुभव

मन से चिन्तायुक्त प्रश्न ना कभी कीजिए /
मन को अति आनन्दित रहने 'विषय' दीजिए //
मन प्रसन्न तो त्रिविध ताप यूँ ही कट जाते /
गुरुओं से अति अद्भुत 'अनुभव' स्वयं लीजिए //

२२६. सूखी रोटी

अन्यों के पकवानों से प्रिय सूखी रोटी /
सोच स्वयं की अज्ञों जैसी रखें न छोटी //
सकल विश्व को समझें ही परिवार स्वयं का /
व्यक्ति सफल ना, अगर, मानसिकता ही खोटी //

२२७. स्वाभिमान

भीख दया की आजीवन ही नहीं माँगिए /
स्वाभिमान निज, खूँटी पर भी नहीं टाँगिए //
चाहे जिससे भुट्टे जैसे कभी न अकड़ें /
निर्धारित सीमाओं को भी नहीं लाँघिए //

२२८. दुख का कारण

बिना प्रबल सन्तोष पुरुष ना धनिक सर्वथा /
व्यक्ति हृदय निज लोभ रखे ना तनिक सर्वथा //
गाँठ बाँध ले मनुज अनैतिक धन ना खाए /
दुख का कारण धन का आगम अधिक सर्वथा //

२२९. मधुरिम नाते

सन्तोषी के काम स्वतः ही सध सध जाते /
सन्तोषी सत्कर्म सहज करके मुसकाते //
कभी न करते वे चिन्ताएँ व्यर्थ वस्तुतः /
सदा निभाते वे अपनों से मधुरिम नाते //

२३०. जीवन रैन

अल्प वस्तुओं से जिनके मन चैन सर्वथा /
सदा बोलते जो भी मधुरिम बैन सर्वथा //
सहज समझते पाप / पुण्य का अन्तर जो भी /
निश्चित सुखमय उनकी जीवन रैन सर्वथा //

२३१. जल बिन नाव

जैसे जल बिन नाव कभी भी ना बह सकती /
नदी किनारे बँधी बँधी सी ही वह रहती //
बिन सन्तुष्टि विशेष कभी ना सुख ऐसे ही /
जीवनधारा इसके बिन प्रायः ना बहती //

२३२. सन्तोष पाइए

धन / भोजन / पत्नी में ही सन्तोष पाइए /
बिना बुलाए व्यर्थ कहीं भी नहीं जाइए //
सहज मग्न रह जप / तप / विद्या / दान / धर्म में /
ध्यान रहे, अन्यों का धन भी नहीं खाइए /

२३३. सम्बन्ध प्रेम के

तृष्णा आजीवन दुख देती, उसे छोड़िए /
सही दिशा में जीवनधारा त्वरित मोड़िए //
जो सज्जन / निर्मल / निश्छल / निःस्पृह / ज्ञानी ही /
उनसे ही सम्बन्ध प्रेम के स्वयं जोड़िए //

२३४. स्वर्ग सम सुख

जो सन्तुष्ट विशेष, स्वर्ग सम सुख वे पाते /
सन्तवृत्ति से जो रहते, वे ना अकुलाते //
नरक तुल्य दुख, किन्तु, सदा वे अनुभव करते /
परधन खाकर भी जो लोभी नहीं अघाते //

२३५. मानवता

उनको सुख ना, जिनके मन भीषण दानवता /
वे कृतार्थ ही, जो धारण करते पावनता //
दिव्य देव तक उनका यश गाते ही मन से /
विद्यमान जिन प्रज्ञों के मन में मानवता //

२३६. स्वयं करें ही

परम सुखों के जो इच्छुक, वे धैर्य धरें ही /
अपने सारे काम नियमतः स्वयं करें ही //
सभी सुखों का मूल गहन सन्तोष सर्वतः /
प्रेमभाव/समभाव हृदय निज सदा रखें ही //

२३७. सन्तोषी

सन्तोषी से प्रेरित विशद समाज सुधरता /
सन्तोषी सत्पथ पर गतिमय कभी न रुकता //
सन्तोषी उपकारी / व्यवहारी / हितकारी /
वह अनुपम चन्दन जैसा ही सदा महकता //

२३८. धन से सन्तोष

वही पतित सम, जो नित करता रोष सर्वथा /
मनुज न देखे आजीवन परदोष सर्वथा //
असन्तोष जिसके मन, वह तो विचलित प्रायः /
क्रय ना कर सकते धन से सन्तोष सर्वथा //

२३९. अनुपम विद्यादान

कर्मों की विधियों का जिनको ज्ञान वस्तुतः /
जो नित करते अनुपम विद्यादान वस्तुतः //
जिनमें करुणा / दया / प्रेम / शुचिता / समता ही /
ईश सदा ही रखते उनका ध्यान वस्तुतः //

२४०. मस्तिष्क भरें ही

उच्च विचारों से ही निज मस्तिष्क भरें ही /
सदुपयोग उनका आजीवन नित्य करें ही //
रहें सहज/निर्मल/अविचल/निःशंक/निर्गुणी/
कमल ताल में सम्मोहक त्यों सदा रहें ही //

२४१. नीलगगन में

क्रोध/चिढ़चिढ़ापन/चिन्ता मन में ना लाएँ /
जलन / निराशा / द्वेष / खिन्नता दूर भगाएँ //
मन/मति/बल/जप/भाव/शक्तियाँ प्रबल करें ही/
नीलगगन में कृष्ण 'मेघ' सम ही छा जाएँ //

२४२. दुर्गुण त्यागें ही

कर्तव्यों से कायर जैसे नहीं भागिए /
मात/पिता/गुरु/वृद्धों को ना कभी त्यागिए //
अगर, त्यागना, तो सारे दुर्गुण त्यागें ही /
उच्च सफलता हेतु समय से पूर्व जागिए //

२४३. अनुपम मानवता

असफलता मानव को मूरख सिद्ध कराती /
उच्च सफलता सागर सम उत्साह बढ़ाती //
जिसने हृदयंगम कर ली अनुपम मानवता /
शक्ति 'अलौकिक' उस पर अमृतसुख बरसाती //

२४४. आकाशी इतिहास

बाल्यकाल से ही जो मन को वश में रखते /
अद्भुत अद्भुत काम हृदय से प्रतिदिन करते //
उन्हें खेद/दुख/विचलन/असफलता ना प्रायः/
वे प्रतिमानक आकाशी इतिहास विरचते //

२४५. उत्साहित रहिए

रहने स्वस्थ विशेष सन्तुलित भोजन करिए /
निज मस्तिष्क विराट सदा सक्रिय ही रखिए //
मन का विचलन ना रहने देता सुस्थिर ही /
सफल पुरुष सम अति अद्भुत उत्साहित रहिए //

२४६. इच्छाओं का दमन

जो कर लेता इच्छाओं का दमन सहज ही /
करता प्रभु का ध्यान, मोह / माया को तज ही //
जो निश्चिन्त विशेष कर्म नित अनुपम करता /
वह निश्चित आनन्दित वन में जैसे गज ही //

२४७. विजयी ही रहते

चपल इन्द्रियों पर जो प्रतिपल अंकुश रखते /
वृद्धों के भी आदेशों का पालन करते //
जिनके मन सन्तोष विलक्षण महामना सा /
वे आजीवन पदे पदे 'विजयी' ही रहते //

२४८. अद्भुत आशा

मानव मन से त्वरित निकाले विकट हताशा /
पास फटकने ही ना दे वह घोर निराशा //
मानें ही विश्वास हृदय निज या ना मानें /
स्वर्णिम जीवन सफल कराती अद्भुत आशा //

२४९. अनुपम रचना

दुर्गुण/दुर्मति/द्वेष/कपट/छल/कटुता तजना /
काम/क्रोध/मद/लोभ/मोह/मत्सर से बचना //
मति/बल/साहस/सत्य/न्याय/सत्कर्म/प्रेम से /
स्वतः सफल 'मानव जीवन' सम अनुपम रचना //

२५०. उच्च प्रेरणा

अपने निर्णय उचित वस्तुतः त्वरित लीजिए /
निर्धारण निज लक्ष्य आदि का स्वयं कीजिए //
जो भी अचल विशेष अचल सम, स्वतः सफल वे /
महामना सम उच्च प्रेरणा सहज दीजिए //

२५१. वही भूल

वही भूल ही कभी नहीं हो फिर..दोबारा /
चाहे जो हो, मनुज रहे ना मन का कारा //
तभी सफलताएँ मिलतीं ही नभ से ऊँची /
जो भी मन से हारा, वह सब कुछ ही हारा //

२५२. स्वतः सफल ही

आलस / दुर्मति / दुर्गुण / छल से घोर विफलता /
श्रम / साहस / उद्यम / मति / बल से उच्च सफलता //
उक्त पाँच गुण जिसमें, वह तो स्वतः सफल ही /
मनुज रखे ना अपने मन में तनिक विकलता //

२५३. उच्च सफलताएँ

अनुचित निर्णय से त्रुटियाँ निश्चित हो जातीं /
ये मनुष्य को भाँति भाँति के दुख पहुँचातीं //
अतः, बचे त्रुटियों से मानव रह 'सतर्क' ही /
उच्च सफलताएँ तब उसको मुदित करातीं //

२५४. कभी न रहिए

निज जीवन में भ्रमित वस्तुतः कभी न रहिए /
भ्रम उत्पादक चर्चाएँ भी तनिक न करिए //
जो विशेष निःशंक / निष्कपट / सर्वहितैषी /
सहज मित्रता उनसे आजीवन ही रखिए //

२५५. अनुपम ज्ञानी

अनुपम ज्ञानी मति/बल से आनन्द मनाते /
अद्भुत सद्गुण ही मनुष्य को गुणी बनाते //
प्रखर ज्ञान से अतिविराट परिवर्तन जग में /
गहन अध्ययन/अनुभव ही सब भ्रम मिटवाते //

२५६. सफल मनोरथ

चंचल मन स्वर्णिम जीवन तक देता ही मथ /
प्रिय स्वभाव/सच्चरित बिना ना सफल मनोरथ //
मनुज चपल मन करे नियन्त्रित प्रखर बुद्धि से /
सब त्यागे, पर, व्यक्ति कभी ना छोड़े सत्पथ //

२५७. सफलतम

विशद महासागर जैसा ही जो उत्साहित /
ईशकृपा से जिसके काम कभी ना बाधित //
वही सफलतम 'महापुरुष' सम..सत्य मानिए //
वह समाज द्वारा निश्चित मन से आराधित //

२५८. उत्साहित

असफलताओं से तो ज्ञानी तनिक न विचलित /
वे उत्साहित पुनः सफलता पाने पुलकित //
जिनका चिन्तन/मनन गहन, जो परिश्रमी भी /
स्वतः सफल वे स्वर्णकमल सम विलसित विलसित //

२५९. इक 'प्रणाम'

गुप्त रखें ही निज रहस्य अविराम सर्वतः /
रह ध्यानस्थ विशेष करें सब काम सर्वतः //
भले न मानें, इक 'प्रणाम' स्वयमेव सर्वथा /
तुरत बदलता ज्यों अगणित परिणाम सर्वतः //

२६०. सूर्य सम ओज

प्रायः जिसका प्रखर सूर्य सम ओज सर्वथा /
जो करता ही स्वतः सत्य की खोज सर्वथा //
जो जनहित में शुभसंकल्पित 'मनोयोग' से /
विश्व चूमता उसके चरण सरोज सर्वथा //

२६१. जीवमात्र को

जीवमात्र को व्यर्थ कभी भी नहीं सताएँ /
सद्विवेक को ही अपना आदर्श बनाएँ //
तभी सफलताएँ चूमेंगी चरण स्वतः ही /
प्रज्ञ किसी के घापे में बिलकुल ना आएँ //

२६२. शुभ अवसर

शुभ अवसर पाने मानव तैयार रहे ही /
अथक यत्न वह मन से बारम्बार करे ही //
बिन प्रयास ना कभी सफलता, मनुज जान ले /
मन में धीरज/साहस/शुचिता/विनय रखे ही //

२६३. आगे बढ़ जाएँ

पहले छोटे काम करें, आगे बढ़ जाएँ /
बड़े बड़े कामों में ही तब हाथ लगाएँ //
सत्य/अहिंसा/ज्ञान/तपस्या/श्रम/दृढ़ता से /
प्रबल सफलता अन्तरिक्ष से ऊँची पाएँ //

२६४. प्रेम तत्त्वतः

गहन अध्ययन / पावनता / धीरज अपनाएँ /
निष्ठा / उद्यम / कर्मठता निज हृदय बसाएँ //
फिर भी..सर्वोपरि/अनुपम ही 'प्रेम' तत्त्वतः /
सबके ही मन प्रेमभाव महनीय जगाएँ //

२६५. गंगा/यमुना

सहज मित्रता से मानव को उच्च सफलता /
शत्रु बढ़ाते सचमुच मन की घोर विकलता //
कभी नहीं अवरोध उन्हीं के सत्कर्मों में /
जिनके मन गंगा/यमुना सम ही पावनता //

२६६. विश्वासघात

घोर घोर विश्वासघात ना कभी कीजिए /
दृढ़ता/ साहस / नैतिकता से काम लीजिए //
सदा सहजता स्वतः मनुज को मनुज बनाती /
कभी किसी को व्यर्थ कष्ट भी नहीं दीजिए //

२६७. मनोनियन्त्रण

उच्च सफलताओं की कुंजी मनोनियन्त्रण /
मनुज निभाए आजीवन शुभसंकल्पित प्रण //
उद्यम/दृढ़ता/धैर्य/पराक्रम/मति/बल जिसमें /
वही जीत लेता यत्नों से ही जीवन रण //

२६८. सम्प्रेरित

असफलताएँ स्वतः मनुज को बहुत सिखातीं /
नए नए अनुभव विचित्रतम दे ही जातीं //
असफलताओं से मनुष्य 'सम्प्रेरित' ही हो /
उचित समय पर ये मानव को सफल करातीं //

२६९. सर्वप्रथम तो

सर्वप्रथम तो मनुज वस्तुतः मनुज बने ही /
घोर घोर दुष्टों जैसा वह नहीं तने ही //
फलित वृक्ष/जलधर सम ही वह झुक झुक जाए /
महाविलक्षण/दिव्य दिव्य इतिहास रचे ही //

२७०. स्वर्णिम समय

बड़े काम में असफलता से कष्ट भयानक /
उच्च सफलता मनुज हेतु सबसे सुखदायक //
जो सन्तोषी / सर्वहितैषी / उपकारी ही /
स्वर्णिम समय विशेष उसी के हित वरदायक //

२७१. फूल गुलाबों के

फूल गुलाबों के बबूल से नहीं निकलते /
खोटे सिक्के बीच प्रजा के कभी न चलते //
सदा खनकते सिक्के स्वर्णिम नए नए जो /
वे जन जन को अनायास ज्यों मोहित करते //

२७२. सत्प्रयास

बिन प्रयत्न तो अन्धकारमय जीवन सारा /
सत्प्रयास देते मानव को प्रबल सहारा //
यत्नशील जो कर्मशील भी धर्मशील भी /
स्वतः जीत ही लेते वे निज जीवन हारा //

२७३. कर्म

मति/बल/श्रम से कर्म निरन्तर करते रहिए /
भावुकता में व्यर्थ कभी बिलकुल ना बहिए //
आवश्यक ना, सभी सफलतम हों जीवन में /
जो गतिमय, वे सफल..ध्यान यह निश्चित रखिए //

२७४. सदा सफल ही

जो मानव अवसर खो देता, वही विफल ही /
जिसका मन सागर से चंचल, वही विकल ही //
किन्तु, लगन / श्रम / उद्यम / दृढ़ता / सत्प्रयास से /
मनुज वस्तुतः देवपुरुष सम सदा सफल ही //

२७५. असन्दिग्ध

कर्तव्यों के प्रति आजीवन सजग रहें ही /
निर्धारित सब कर्म नियमतः स्वयं करें ही //
असन्दिग्ध ही रहने दें अनुपम निज निष्ठा /
मन अमृतनिर्झर सम गतिमय सदा रखें ही //

२७६. विश्वास सर्वतः

प्रगति हेतु अत्यावश्यक विश्वास सर्वतः /
बिना परिश्रम सम्भव नहीं विकास सर्वतः //
ज्ञान / ध्यान / मुसकान / दान / उत्थान / यत्न से /
निश्चित मन में दिव्य दिव्य आभास सर्वतः //

२७७. दीप ज्ञान के

आजीवन ही विद्वेषी बिलकुल ना रहिए /
वचन विलक्षण मधुमय / हितकर / अतिप्रिय कहिए //
दीप ज्ञान के अगणित अगणित जलें विश्व में /
ऐसे यत्न विराट प्रबलतम निश्चित करिए //

२७८. यत्न विलक्षण

देख सफलता अन्यों की विचलित ना रहिए /
स्वयं सफल होने ही यत्न विलक्षण करिए //
ज्ञान / यत्न / श्रम / लगन / धैर्य / साहस / तप जिनमें /
उन प्रज्ञों को निश्चित सिर आँखों पर रखिए //

२७९. अपनी पूँजी

जो चरित्र को अपनी पूँजी स्वयं बनाते /
पूरे करने वचन..हृदय निज नहीं डिगाते //
उन्हें सुयश / धन भले मिलें ना आजीवन ही /
किन्तु, सफलताएँ इच्छित वे निश्चित पाते //

२८०. साथ न रहते

भीषण घोर अधर्म/सफलता साथ न रहते /
नीच/अधर्मी कभी किसी को सुखी न रखते //
धर्म स्वयं का मनुज न त्यागे आजीवन ही /
सदा सत्यवादी तो वचन असत्य न कहते //

२८१. आदर्श

महागुणी को श्रेय सफलता का दिलवाएँ /
उसका समुचित/अति अद्भुत सम्मान कराएँ //
सहज प्रेरणा लें उससे स्वयमेव सर्वतः /
महाप्रज्ञ जो, उनको ही 'आदर्श' बनाएँ //

२८२. मानसरोवर जैसा

मानसरोवर जैसा जिसका हृदय वस्तुतः /
अनुभव जिसको दिव्य/अलौकिक प्रणय वस्तुतः //
जो सुसभ्य / महनीय / विलक्षणतम / विशिष्ट ही /
संग उसी के स्वर्णिम स्वर्णिम समय वस्तुतः //

२८३. सिंह समान

राजहंस ज्यों नभ में त्यों ही गतिमय रहिए /
वचन विमोहक/मधुर/सरस कोकिल सम कहिए //
वन में सिंह समान रहें बलवान सर्वदा /
कमल/चन्द्र/सागर सम ही मन पुलकित रखिए //

२८४. स्वर्ग बसाएँ

व्यर्थ किसी के चक्कर में बिलकुल ना रहिए /
कटुकवचन तो कभी किसी को भी ना कहिए //
स्वर्ग बसाएँ निज मन में, रह निर्मलतम ही /
सदा हृदय से कर्म विलक्षणतम ही करिए //

२८५. सूर्य तुल्य ही

घोर अहंवश जो भी करते पाप निरन्तर /
कष्ट नरक सम अनुभव उनको मन के अन्दर //
जो सज्जन/सद्गुणी/सरलतम/सभ्य/सजग भी /
सूर्य तुल्य ही प्रखर प्रकाशित उनका अन्तर //

२८६. इष्ट सत्यतः

जो अशिष्टतम, उनका जीवन क्लिष्ट सत्यतः /
उन्हें सुलभ ना नियत/उच्च उद्दिष्ट सत्यतः //
जो विशिष्टतम/सम्मोहक/महनीय/सभ्य भी /
वे ही जग में मानो सबके इष्ट सत्यतः //

२८७. काल के गाल

अहंकार रावण तक का ना रहा वस्तुतः /
स्वतः अन्ततः नरक दुःख वह सहा वस्तुतः //
वही काल के गाल गया ही रामशरों से /
विकट अहं का महल उसी का ढहा वस्तुतः //

२८८. प्रेमरूप ही

परम ईश महनीय/विलक्षण/प्रेमरूप ही /
सत्य मानिए, वे तो सर्वाधिक अनूप ही //
शरणागत जो परमेश्वर का, वही मुक्त ही /
रंक रहे अथवा वह ज्ञानी, प्रखर भूप ही //

२८९. ठोकर खाते

महाघमण्डी चाहे जब ही ठोकर खाते /
अनायास वे नरक तुल्य ही दुख भी पाते //
जो विनम्र वे प्रजा/ईश के निकट सर्वदा /
प्रातःकालिक कमल, चन्द्र सम वे मुसकाते //

२६०. अद्‌भुत चर्चित

घोर अहं जिस पल मनुष्य का स्वतः विसर्जित /
तभी महासागर जैसा वह विलसित/हर्षित //
चमत्कार बतलाती तब ही उसकी प्रतिभा /
वही विश्व को मन्त्रमुग्ध कर अद्‌भुत चर्चित //

२६१. संकल्प विलक्षण

जीवन में संकल्प विलक्षण यही लीजिए /
'घोर अहंकारी को शिक्षित नहीं कीजिए' //
उसको जो शिक्षा देता, वह अज्ञ तुल्य ही /
जो अति उत्सुक, उनको विद्यादान दीजिए //

२६२. सुख से रहने

तन/धन/यौवन मानो क्रमशः नष्ट सत्यतः /
विकट 'अहं' से आजीवन ही कष्ट सत्यतः //
अतः त्याग दे अहं, पुरुष सुख से रहने ही /
साधक ना हो सत्पथ से ही भ्रष्ट सत्यतः //

२६३. नम्र सर्वदा

प्रभुता/पद से मन मन घोर घमण्ड सर्वतः /
इनसे साधारण तक भी उद्‌दण्ड सर्वतः //
चाहे जो हो, मनुज रहें ही 'नम्र' सर्वदा /
वरना, वे पाते 'प्रभु' से ही दण्ड सर्वतः //

२६४. सहज विनय से

ध्यान रहे यह..अहं भयंकर भ्रम उपजाता /
सहज विनय से लाभ विलक्षण मानव पाता //
जो विनम्र, वह हृदय सभी का स्वतः जीतता /
ईशकृपा से मुदित चन्द्र सम वह मुसकाता //

२६५. परनिन्दा

परनिन्दा जीवन में प्रायः कभी न करिए /
अपनी व्यर्थ प्रशंसा करवाने से बचिए //
स्वर्णिम स्वर्णिम मानव जीवन रत्न तुल्य ही /
उच्च सफलताओं के नित आयाम विरचिए //

२६६. कभी न करिए

घृणा किसी से भी आजीवन कभी न करिए /
भाव घृणा के मन में लाने से भी बचिए //
ज्ञान / योग / औदार्य / दया / करुणा / गरिमा से /
गंगाजल जैसे ही निर्मल / शीतल रहिए //

२६७. स्वर्गसुख

कोई निन्दा करे आपकी, प्रमुदित रहिए /
तब निज मन भी भारी विचलित कभी न रखिए //
जो निश्चिन्त विशेष, 'स्वर्गसुख' उन्हें स्वतः ही /
कितने ही संकट हों, चिन्ताएँ ना करिए //

२६८. अनुपम मित्र

दो दो हाथ मनुज के अनुपम मित्र सत्यतः /
काम इन्हीं से कभी न हो अपवित्र सत्यतः //
इन हाथों के बिना कर्म बिलकुल सम्भव ना /
इनसे सुन्दरतम जीवन के चित्र सत्यतः //

२६९. अविचल अविचल

कभी किसी पर व्यर्थ घोर शंका ना करिए /
यह मन हिमगिरि सा ही अविचल अविचल रखिए //
दुखदायक सन्देह सर्प से अधिक विषैला /
आजीवन निःशंक / सहज / अनुपम / प्रिय रहिए //

३००. हृदय निज गौरव

भूल त्वरित स्वीकार, हृदय निज गौरव रखिए /
कर प्रतिदिन उपकार, सहज / सज्जन सम रहिए //
इससे ही व्यक्तित्व विलक्षण / सम्मोहक भी /
वस्त्र स्वच्छतम..त्यों अपने को निर्मल करिए //

३०१. आभास

चंचल मन जब तक विषयों का दास तत्त्वतः /
तब तक मानव सचमुच घोर उदास तत्त्वतः //
काम / क्रोध / मद / लोभ / मोह / मत्सर जो त्यागे /
उसे स्वर्ग सम दिव्य दिव्य आभास तत्त्वतः //

३०२. पाषाण तुल्य वे

बहुत अधिक वाचाल वस्तुतः जो भी छिछला /
वही अज्ञ सम नहीं देखता अगला / पिछला //
दुष्ट / क्रूरतम / अतिकठोर पाषाण तुल्य वे /
दृश्य कारुणिक देख हृदय जिनका ना पिघला //

३०३. मन में धारें

जितने दोष स्वयं के..उनको झट स्वीकारें /
उन्हें यत्नतः त्वरित हटाने गहन विचारें //
छिद्रान्वेषण सबसे भीषण / दुखद क्रिया ही /
सत्य / न्याय / कर्मठता / मृदुता मन में धारें //

३०४. प्रणयमग्न संवाद

घोर प्रभावित करते दुख / अवसाद सत्यतः /
इनसे मन में भीषण विकट विषाद सत्यतः //
द्वेष / दुष्टता / दुष्कर्मों से प्रतिपल बचने /
करे मनुज बस.. प्रणयमग्न संवाद सत्यतः //

३०५. कुपित सर्प

कुपित सर्प सचमुच ही चाहे जिसको डँसते /
वे बालक/पशु/वृद्ध किसी को नहीं समझते //
बस..ऐसे ही 'दुष्ट' कष्ट देते सबको ही /
वे अति आनन्दित, जो निश्चित इनसे बचते //

३०६. समर्थन

'महानीच जो, उन्हें समर्थन नहीं दीजिए' /
बिना विचारे यह शिक्षा स्वयमेव लीजिए //
सकल विश्व ही जलधर जैसा झुक झुक जाए /
ऐसे अनुपम कर्म विलक्षण नित्य कीजिए //

३०७. अनबूझ पहेली

मानव जीवन अतिविचित्र अनबूझ पहेली /
निर्मलता को सहज बनाएँ सखी/सहेली //
मनुज समझ ले बहुत ध्यान से स्वतः वस्तुतः /
विपदा जीवन में ना आती कभी अकेली //

३०८. सहज निवारित

दोष देह के धन से प्रायः सहज निवारित /
अगणित कर्म विशेष वित्त से तत्क्षण साधित //
दोष मानसिक स्वतः शमित धीरज/गुरु से ही /
जो निर्मलतम, उनके काम कभी ना बाधित //

३०९. अमृत जैसे

निज दोषों को रत्न तुल्य ही नहीं छिपाएँ /
परदोषों को सबको प्रतिदिन नहीं दिखाएँ //
जिनसे भी सम्बन्ध मधुरतम अमृत जैसे /
रह प्रतिबद्ध विशेष उन्हें स्वयमेव निभाएँ //

३१०. वर्षा में ताल

धोखा देनेवाले निश्चित धोखे खाते /
स्वयं भ्रमित वे अन्यों के मन भ्रम उपजाते //
जो ना ठगते कभी किसी को स्वयं ठगा भी /
वे वर्षा में ताल तुल्य मन मन लहराते //

३११. आधार सत्यतः

पंखों से ही सम्भव गगन विहार सत्यतः /
मनुज नाव द्वारा तट के उस पार सत्यतः //
योग/ज्ञान/सत्कर्म/सत्य बिन 'मुक्ति' कभी ना /
ये ही अनुपम जीवन के आधार सत्यतः //

३१२. नित मुसकाए

भले मनुज चाहे कितना बूढ़ा हो जाए /
वृद्धावस्था के दुख भी वह अगणित पाए //
किन्तु, लोभ चिरयुवा..जानिए सत्य तत्त्वतः /
लोभ त्याग मानव मानव बन नित मुसकाए //

३१३. सज्जन

सज्जन सज्जनता निश्चित ही नहीं त्यागते /
वे अन्यों के घर में बिलकुल नहीं झाँकते //
जो परोपकारी / मृदुभाषी / सर्वहितैषी /
वे समस्त कर्तव्यों से भी नहीं भागते //

३१४. मर्यादित

निज मन सागर/गगन तुल्य मर्यादित रखिए /
मेघ/जलाशय/पवन/अचल सम पुलकित रहिए //
सूर्य/चन्द्र/पावक/तारक सम रह उज्ज्वल ही /
वचन मोर/कोकिल/शुक/चातक सम ही कहिए //

३१५. आनन्द तत्त्वतः

सदा सहज रहने से ही आनन्द तत्त्वतः /
योग मिटाता तन/मन के सब द्वन्द्व तत्त्वतः //
जो निर्लोभी/निश्छल/निर्मल/निश्चल/दृढ़ ही /
निश्चित उनके कटते भव के फन्द तत्त्वतः //

३१६. सूर्य सम

अन्यों को अभिमान असुर सम नहीं बताएँ /
समय समय पर उपकारों के हाट सजाएँ //
प्रवहमान निर्झर सम गतिमय रहें सर्वदा /
निज जीवन को प्रखर सूर्य सम ही दमकाएँ //

३१७. आनन्दित रहिए

उत्तम पुरुषों पर शंकाएँ व्यर्थ न करिए /
परनारी से घोर लिप्तता तनिक न रखिए //
कभी भूलकर भी अन्यों का धन ना हड़पें /
निर्मल सन्त समान सदा आनन्दित रहिए //

३१८. निर्लोभी सम

व्यर्थ भयंकर डींगें बिलकुल नहीं हाँकिए /
अपने दोषों को आजीवन नहीं ढाँकिए //
निर्लोभी सम रहें सदा निश्चिन्त सर्वतः /
अन्यों के घर में चाहे जब नहीं झाँकिए //

३१९. अन्दर / बाहर

अन्दर/बाहर सदा एक जैसे ही रहिए /
जनहित जैसे कर्म विलक्षण प्रतिदिन करिए //
इनसे ही सम्मानित जीवन महापुरुष सा /
उदित सूर्य सम अपने को तेजस्वी रखिए //

३२०. अतिसम्मोहक

नित्य धारिए सुखमय शिष्टाचार वस्तुतः /
निश्चित अतिसम्मोहक सद्व्यवहार वस्तुतः //
शिष्टाचार बिना सुन्दरता व्यर्थ सर्वदा /
सदा सभ्यता से विस्मित संसार वस्तुतः //

३२१. अन्ततः

जो विनम्र, वह दिव्यगुणों से युक्त सत्यतः /
मनुज रहे नभ में खग सम उन्मुक्त सत्यतः //
मात/पिता/गुरुओं की सेवा जो नित करता /
वही अन्ततः 'पद' पाता उपयुक्त सत्यतः //

३२२. कृतज्ञ

कभी पीठ पीछे निन्दा बिलकुल ना करिए /
जो, जिसको कहना हो, उसके सम्मुख कहिए //
दोष बताएँ जो भी, उन पर कुपित नहीं हों /
उपकारी हित तो 'कृतज्ञ' निश्चित ही रहिए //

३२३. सामंजस्य

लेशमात्र ना जिनके मन आलस्य तत्त्वतः /
जो बिठलाते सबसे सामंजस्य तत्त्वतः //
जो समर्थ/मतिमान/उद्यमी/अविचल/ज्ञानी /
उन्हें ज्ञात ही जग के प्रमुख रहस्य तत्त्वतः //

३२४. विविध आलेख

धन कितना हो, उससे सद्गुण नहीं उपजते /
जो विधि के आलेख, वे कभी नहीं बदलते //
महाबली / ज्ञानी / विश्वासी / गुणी / साहसी /
निज यत्नों से नित्य नए प्रतिमान विरचते //

३२५. धीरज धरते

जो विपत्ति में धरती जैसा धीरज धरते /
निज उन्नति में क्षमाशील सम ही जो रहते //
विज्ञ सभा में, पराक्रमी जो महासमर में /
महापुरुष वे दुख में भी सुख अनुभव करते //

३२६. पूजनीय

अवगुण अपने मन में बिलकुल नहीं धारिए /
जो जो सद्गुण, उनको सचमुच ना बिसारिए //
'पूजनीय' गुणवान जगत में देव तुल्य ही /
दीनों के अधिकार कभी भी नहीं मारिए //

३२७. मधुरिम भोजन

मधुरिम भोजन भूख पेट की स्वतः मिटाता /
सरस भोज से मानव पुष्ट स्वयं हो जाता //
दुर्गुण सद्गुण से ऐसे ही नष्ट वस्तुतः /
महासद्गुणी यत्नों से सब कुछ ही पाता //

३२८. अनुशासित

दिए वचन अनुसार कर्म अनुपम ही करिए /
स्वयं नियन्त्रित / सजग / सन्तुलित / सुस्थिर रहिए //
ना अनिष्ट सोचें, ना करिए अहित किसी का /
सदा स्वयं को आजीवन अनुशासित रखिए //

३२९. खोज निकालें

मन के सारे दोष हृदय से खोज निकालें /
प्रखर बुद्धि से समझें सब रिपुओं की चालें //
श्रम / उद्यम / यत्नों से ही महनीय सफलता /
परम मित्र जो, उनके काम कभी ना टालें //

३३०. सब सरल

कभी किसी के लिए न उगलें गरल तत्त्वतः /
मनुज रहे ही गतिमय जल सम तरल तत्त्वतः //
विश्वसनीय भले ना हो..पर यही 'सत्य' ही /
महागुणी जो, उनके हित सब सरल तत्त्वतः //

३३१. भगवान

गुणवानों से 'जाति' कभी भी नहीं जानिए /
नयन अग्नि सम रक्तिम उन पर नहीं तानिए //
आदर दें विज्ञों को निश्चित महापुरुष सा /
अपने को भगवान कभी भी नहीं मानिए //

३३२. देव तुल्य

अलंकार ना, अश्व वेग से जाना जाता /
गुणी गुणों से उच्च प्रतिष्ठा नभ सम पाता //
कुटिल अहंवश दुःख भोगता स्वतः अन्ततः /
ज्ञान मनुज को देव तुल्य स्वयमेव बनाता //

३३३. महागुणवान

मनुज महागुणवान झूठ ना कभी बोलते /
कथनपूर्व वे निज वचनों को सदा तोलते //
अतः, धर्म अत्यावश्यक ना उन्हें कभी भी /
वे सबके जीवन में अमृत स्वतः घोलते //

३३४. अद्‌भुत साफल्य

महागुणी / ज्ञानी के झंझट मिट ही जाते /
वे आजीवन हृदय किसी का नहीं दुखाते //
निर्लोभी / निष्कपट / सभ्य / उपकारी सम जो /
अति अद्‌भुत साफल्य विलक्षणतम वे पाते //

३३५. कुबेर सा

निद्रा / तन्द्रा / क्रोध / कपट / आलस्य त्यागिए /
मन्थरता/शैथिल्य हृदय निज नहीं राखिए //
अगर, धनिक ही बनना हो अनुपम कुबेर सा /
उक्त दोष सब त्याग समय से पूर्व जागिए //

३३६. लक्ष्य विशेष

ज्ञानी अन्यों की त्रुटियों को देख सुधरते /
घोर व्यर्थ की चिन्ताएँ वे कभी न करते //
उनका लक्ष्य विशेष सभी को सुख पहुँचाना /
राजहंस ज्यों नभ में वे त्यों गतिमय रहते //

३३७. स्वयं जीतता

दुर्योधन जैसी ना जिसके मन अधीरता /
जिसने धारण की अर्जुन सम घोर वीरता //
रिपु भी जिसका शुद्ध हृदय से यश गाते ही /
देवपुरुष सम वही विश्व यह स्वतः जीतता //

३३८. पापों पर परदे

अपने पापों पर परदे ना कभी डालिए /
निज मन शंकाएँ / चिन्ताएँ नहीं पालिए //
नदी/नाव संयोग तुल्य यह जग का फेरा /
अतिप्रसन्न रह सबसे हिलमिल सदा चालिए //

३३९. सरल तरल

सफल रहें, ना रहें, शोक ज्ञानी ना करते /
काम / क्रोध / मद / लोभ / मोह से दूरी रखते //
कष्ट उठा वे निश्चित सुख देते अन्यों को /
सरल तरल वे 'प्रेमभाव' से प्रतिदिन रहते //

३४०. संज्ञान लीजिए

दुखियों के दुख हरने ही संज्ञान लीजिए /
निज सुख हित अन्यों को दुख भी नहीं दीजिए //
आजीवन ऐसे पापों से बचिए..बचिए /
याद रखे जग..ऐसे कर्म विशेष कीजिए //

३४१. धन्य वस्तुतः

मात/पिता सम पूजनीय ना अन्य वस्तुतः /
उनकी सेवा से सन्तानें धन्य वस्तुतः //
ज्ञान/बुद्धि/बल/संयम/प्रतिभा/सुख गुरुओं से /
भाव रहें उनके हित दिव्य/अनन्य वस्तुतः //

३४२. अन्य नहीं सुख

घोर बेड़ियाँ माया की सबके ही पग में /
मानो दुख ही बसा हुआ सबकी रग रग में //
सर्वाधिक अद्‌भुत रहस्य ही जान लीजिए /
सहज मुक्ति सम अन्य नहीं सुख सारे जग में //

३४३. ब्रह्म सत्य

ब्रह्म सत्य..माया मिथ्या ही जान लीजिए /
यह अकाट्य/महनीय तथ्य ही मान लीजिए //
रह अदृश्य ही ईश विलक्षण/अनुपम द्रष्टा /
यह रहस्यमय/दिव्य कथ्य ही, ज्ञान लीजिए //

३४४. समय सत्यतः

इस सारे जग से ही जिनको प्रणय सत्यतः /
गंगा से भी निर्मल जिनका हृदय सत्यतः //
प्रभु उन पर ही कृपा दिव्य/अक्षय बरसाते /
मानो उनकी मुट्‌ठी में ही समय सत्यतः //

३४५. 'कीर्ति' विलक्षण

विद्या कीर्ति विलक्षण मानव को दिलवाती /
कामधेनु सम अमृत भी विद्या पिलवाती //
आँख तीसरी यह मनुष्य की अतुलनीय ही /
यही ईश से साधक को निश्चित मिलवाती //

३४६. चितचोर वस्तुतः

गाली वे देते, जो निर्बल घोर वस्तुतः /
वे करते ही व्यर्थ भयंकर शोर वस्तुतः //
जो सर्वाधिक सबल/गुणी/निर्मल/निश्चल ही /
सकल विश्व हित वे मानो चितचोर वस्तुतः //

३४७. अखण्ड पण्डित

सरदी/गरमी/धन जिनको बाधित ना करते /
भाव छल/कपट के जो मन में कभी न रखते //
विघ्न नहीं उनके शुभकर्मों में सचमुच ही /
वे अखण्ड 'पण्डित' प्रतिपल आनन्दित रहते //

३४८. वचन निभाना

चाहे जिसको वचन कभी भी नहीं दीजिए /
भ्रम उत्पादक काम वस्तुतः नहीं कीजिए //
'अद्भुत/अनुपम कर्म विश्व में वचन निभाना' /
ऐसे ही संकल्प हृदय से सहज लीजिए //

३४९. हिमालयी इतिहास

चाहे जिस पर ना करिए विश्वास सत्यतः /
निज जीवन को ना समझें उपहास सत्यतः //
जो विश्वासी, गले लगें उनसे ही मन से /
रचें सर्वतः हिमालयी इतिहास सत्यतः //

३५०. अनुपम चर्चित

दोष निवारण हेतु सहज रहिए संकल्पित /
शुभकर्मों से छाप करें सबके मन अंकित //
जो ज्ञानी / सत्कर्मी / धर्मी / दृढ़ / कर्मठ ही /
निज प्रतिभा से ही वे इस जग अनुपम चर्चित //

३५१. ज्ञान धर्मतः

कभी छुपाएँ ना अपना अज्ञान धर्मतः /
सद्गुरुओं से लें आजीवन ज्ञान धर्मतः //
श्रद्धा / तप / विश्वास / सत्यता / गरिमा से ही /
सफल करें ही संकल्पित अभियान धर्मतः //

३५२. शुद्ध हृदय से

शुद्ध हृदय से करें स्वतः सब काम नियमतः /
बहुत अधिक थक करें तनिक आराम नियमतः //
निज व्यक्तित्व विशेष विलक्षणतम दर्शाने /
रचें ऐतिहासिक / दैविक आयाम नियमतः //

३५३. भव से पार

ज्ञानरूप अमृत का स्वाद जिसे लग जाता /
वह उसको पीने ही प्रतिपल दौड़ लगाता //
योगमग्न रह मानव भव से पार स्वतः ही /
मायावी जग में वह लौट कभी ना आता //

३५४. पण्डित

ज्ञान विलक्षणतम पाकर ही मानव पण्डित /
तब उसका व्यक्तित्व सूर्य सम प्रखर / अखण्डित //
ज्ञानी / ध्यानी / विज्ञानी / सम्मानी / दानी /
प्रबल आत्मबल / गुरुता / यश से महिमामण्डित //

३५५. सर्वज्ञ सर्वतः

सदा विकटतम दुखदायक अल्पज्ञ सर्वतः /
निश्चित सर्वाधिक सुखदायक प्रज्ञ सर्वतः //
ईश सहज ही जिस पर अमृतवर्षा करते /
अनायास वह माननीय सर्वज्ञ सर्वतः //

३५६. हंसा जैसा

मूरख तो अज्ञान/लोभ/कटुता में रमते /
वे निज मन विद्वेष/मोह/छल/शठता रखते //
पर, ज्ञानी निश्चिन्त/सहज/सक्रिय/निश्चल ही /
मानसरोवर में हंसा जैसे वे रहते //

३५७. मूरख जैसी बात

चाहे जो हो...अज्ञानी बिलकुल ना रहिए /
मूरख जैसी बात निरर्थक कभी न करिए //
निज व्यक्तित्व विशेष रखें नित देव तुल्य ही /
कभी किसी को आजीवन सचमुच ना ठगिए //

३५८. वस्तुतः सफल

अज्ञानी/कपटी रहना भीषण बीमारी /
नहीं प्रदर्शित करें किसी को निज लाचारी //
वही वस्तुतः सफल अन्ततः स्वतः सर्वतः /
लक्ष्यसिद्धि तक गतिमय रहना जिसका जारी //

३५९. जग रिझाइए

कभी अधूरा ज्ञान वस्तुतः नहीं पाइए /
जहाँ मिले 'सद्ज्ञान' तुरत ही वहीं जाइए //
निरभिमान / निष्कपट / प्रज्ञ / गुणवान सफलतम /
नीलगगन में 'बदरा' सम यह जग रिझाइए //

३६०. अमृत सम ही

जहाँ जहाँ अज्ञान प्रदर्शित, वहाँ ना रहिए /
एक शब्द भी वहाँ भूलकर भी ना कहिए //
जहाँ ज्ञान उपलब्ध विलक्षण अमृत सम ही /
वहीं पहुँच..रसपान उसी का अनुपम करिए //

३६१. विशालता

भय प्रभाव निज, हर मनुष्य पर बहुत डालता /
वह अतिशंकित, जो भी भय घनघोर पालता //
जो निर्भय / निःशंक / सद्गुणी / निर्लोभी ही /
उसके मन में सागर जैसी ही विशालता //

३६२. बस..मुसकाएँ

भ्रमित ना रहें, नहीं किसी में भ्रम उपजाएँ /
चाहे जो हो..क्रूरकाल से भय ना खाएँ //
अटल मृत्यु से भय खाना भारी कायरता /
अगर, 'काल' लेने आए, तो बस..मुसकाएँ //

३६३. पंचभूत

पंचभूत ज्यों कभी नहीं भयभीत सर्वतः /
सक्रिय भी वे स्वतः कल्पनातीत सर्वतः //
मनुज रहे त्यों प्रतिपल गतिमय बुद्धियोग से /
परम ईश से रक्खे अनुपम प्रीत सर्वतः //

३६४. प्रेमवृष्टि

चाहे जिससे आजीवन डरते ना रहिए /
अत्याचार किसी के भी सचमुच ना सहिए //
प्रेमवृष्टि करिए अपंग / निर्बल / दीनों पर /
सद्भावों की सरिता में प्रतिपल ही बहिए //

३६५. प्रेम विलक्षण

कभी किसी के तलवे बिलकुल भी ना चाटें /
चाहे जो हो..मात/पिता को कभी न डाँटें //
यदि, आजीवन अक्षय सुख ही पाना हो, तो /
निर्मल मन से प्रेम विलक्षण सबको बाँटें //

३६६. व्यस्त सर्वतः

लोग विश्व के आपस में भयग्रस्त सर्वतः /
मानव प्रायः अपनों से ही त्रस्त सर्वतः //
चिन्तामुक्त विशेष, अगर, प्रमुदित रहना हो /
रखे स्वयं को मनुज सर्वदा व्यस्त सर्वतः //

३६७. गुण ग्रहण

भय/शंका से विचलित विचलित कभी न रहिए /
प्रज्ञों से गुण ग्रहण विलक्षण निश्चित करिए //
भय/शंका बन सकते कारण सर्वनाश का /
अतः, सजगता/सक्रियता आजीवन रखिए //

३६८. इतिहास विरचिए

निज अतीत के दृश्यों में ना खोए रहिए /
अपने मन में भय भविष्य का कभी न रखिए //
स्वर्णिम स्वर्णिम 'वर्तमान' से रखें मित्रता /
अन्तरिक्ष सम अतिविस्तृत इतिहास विरचिए //

३६९. वही साहसी

पके फलों को गिरने का भय प्रतिपल रहता /
नाव भँवर में, तो मानव मरने से डरता //
जिसे 'काल' तक से भी भय ना, वही साहसी /
वह आजीवन कर्म विलक्षणतम ही करता //

३७०. बोले तुलसी

बोले तुलसी–'बिन भय के ना प्रीत वस्तुतः' /
वैसे..अनुपम प्रीत कल्पनातीत वस्तुतः //
दिव्य प्रणय की महिमा ही कण्ठस्थ जिसे भी /
त्रिभुवन में गुंजित उसके यशगीत वस्तुतः //

३७१. त्वरित खोजिए

किसी अन्य का 'सर्वनाश' ना कभी सोचिए /
आजीवन ही अमृत सम प्रिय वचन बोलिए //
जिससे स्वर्गाधिक सुख हस्तामलक स्वतः ही /
वही विलक्षण 'सत्य' हृदय से त्वरित खोजिए //

३७२. अतिप्रसन्नता

क्रोधरूप चिन्ता मनुष्य को नित्य जलाती /
इसकी ज्वाला घोर.. 'मनुज' को भस्म कराती //
सदा स्वस्थ रहने हर मानव बचे इसी से /
तब उसके मन अतिप्रसन्नता बस ही जाती //

३७३. कृपा वस्तुतः

जो क्रोधी को कर ही देते क्षमा वस्तुतः /
जिनके मन में शुचिता/करुणा/दया वस्तुतः //
निरभिमान/निश्चिन्त/निडर/निष्कपट/निपुण जो /
ईश स्वतः बरसाते उन पर कृपा वस्तुतः //

३७४. वही प्रज्ञ ही

जो क्रोधित घनघोर / विकटतम, वही अज्ञ ही /
क्रोध नियन्त्रित जो नित रखता, वही प्रज्ञ ही //
जो उपकारों को आजीवन नहीं भूलता /
आदर देता 'उपकारी' को, वह कृतज्ञ ही //

३७५. क्रोधमग्न

यदि, विचार परिणामों पर, तो क्रोध न आता /
क्रोधमग्न रह मानव केवल दुख ही पाता //
घूरे पर ही क्रोध फेंक आता जो ज्ञानी /
वही यत्नतः स्वर्ग धरा पर ला मुसकाता //

३७६. नीरोगी

मूरख चिल्ला चिल्ला क्रोध भयंकर करते /
बहुत सहज रह प्रज्ञ कोप को निज वश रखते //
क्रोध रहित व्यक्तित्व सर्वदा ही नीरोगी /
प्रेरित करते सकल विश्व वे प्रमुदित रहते //

३७७. अमृत सम ही

चाहे जब ही मूरख शोर भयानक करते /
वे अपशब्द विशेष मर्मभेदक ही कहते //
प्रज्ञ बोलते वचन विलक्षण अमृत सम ही /
वे इतिहास महान सर्वतः अनुपम रचते //

३७८. आशावादी

क्रोधमग्न रह चाहे जिससे नहीं उलझिए /
पागलपन घनघोर क्रोध..यह सत्य समझिए //
इसी 'तथ्य' का ज्ञान जिसे, वह प्रज्ञ वस्तुतः /
चाहे जो हो, निश्चित..'आशावादी' रहिए //

३७९. कमलनयन

मन में धरिए क्रोध, उसे प्रकटित ना करिए /
नेह विलक्षण सुन्दर नयनों में ही रखिए //
बोलो किसको कमलनयन ना त्वरित रिझाते ?
आजीवन आकर्षक/सम्मोहक ही रहिए //

३८०. नियत कर्म

नियत कर्म में बहुत शीघ्रता नहीं मचाएँ /
मन में धीरज/साहस रख बढ़ते ही जाएँ //
'जो गतिमान विशेष, लक्ष्य वे पा ही लेते' /
इसी तथ्य को निश्चित जन जन तक पहुँचाएँ //

३८१. सफलतम

भूलों से ही भाँति भाँति के अनुभव आते /
जो जो अनुभवहीन, सफलता वे ना पाते //
ज्ञान/ध्यान/अनुभव/क्षमता/दृढ़ता/साहस से /
मनुज 'सफलतम' सुख से स्वर्णिम समय बिताते //

३८२. ज्ञान के चमत्कार

बुद्धियोग में हृदय विलक्षण नित्य रमाएँ /
रह निश्चिन्त विशेष दिव्य इतिहास रचाएँ //
होकर भी जो अज्ञ स्वयं को प्रज्ञ समझते /
उन्हें ज्ञान के चमत्कार घनघोर बताएँ //

३८३. हिमालयी विश्वास

जिनका 'प्रभु' पर हिमालयी विश्वास सत्यतः /
उनके मन ही दिव्य दिव्य आभास सत्यतः //
जिनको ना विश्वास ईश में लेशमात्र भी /
उनका निश्चित चाहे जब उपहास सत्यतः //

३८४. मुसकान

कार्यसिद्धि तक साधन का सम्मान सर्वथा /
वरना, उस पर लेशमात्र ना ध्यान सर्वथा //
पार उतर, उपयोग नाव का कभी न प्रायः /
सफल व्यक्ति के अधरों पर मुसकान सर्वथा //

३८५. यश स्वर्णिम

इच्छाशक्ति विशेष अग्नि सम जहाँ प्रज्वलित /
जहाँ जहाँ संकल्प विलक्षण / दिव्य प्रकल्पित //
वहीं मनुज की विजय सुनिश्चित 'इन्द्र' तुल्य ही /
विश्वपटल पर उसका यश स्वर्णिम ही अंकित //

३८६. दृष्टान्त

उदाहरण दे देकर अनुभव गहन बताएँ /
जनहित में नित कर्म विलक्षण करते जाएँ //
जीवन के दृष्टान्त निरर्थक कभी नहीं हों /
शिखर सफलता के..उनको आवास बनाएँ //

३८७. जीवन के अनुभव

तर्क आदि से परे विशद जीवन के अनुभव /
इनसे पूरे सहज कर्म भी अभिनव अभिनव //
पर, 'श्रद्धा' तो अनुभव से भी अधिक प्रभावी /
इससे घोर असम्भव तक भी पल में सम्भव //

३८८. बहुत अलग ही

कष्ट सहन करने का अनुभव बहुत अलग ही /
दुख से जीवन व्यर्थ नित्य प्रतिपल डगमग ही //
किन्तु, साहसी / दृढ़तम / निश्चल / गुणी / प्रबल जो /
नहीं प्रकम्पित पर्ण तुल्य नित उनके पग ही //

३८९. सहज जोड़िए

अपनी दुखदायक इच्छाएँ त्वरित रोकिए /
दुष्ट भयंकर जो, उनको ना कभी तोकिए //
वरना, उनसे चक्रवात सम दुख जीवन में /
ज्ञान / ध्यान दोनों से नित सम्बन्ध जोड़िए //

३९०. सुख में काया

अगर, न्यूनतम इच्छाएँ, तो सुख में काया /
वह अति आनन्दित, जिसको जनहित ही भाया //
मानव निज यत्नों से सबको शीतलता दे /
ज्यों गरमी में सुख देती वृक्षों की छाया //

३९१. अविराम रिझाएँ

विविध विकट इच्छाएँ अपनी सहज घटाएँ /
वैरागी जैसे विरक्त निश्चित हो जाएँ //
तभी निकटता देवों की स्वयमेव सर्वतः /
शुद्ध हृदय से सबको ही अविराम रिझाएँ //

३९२. केवल इच्छा से

केवल इच्छा से घर में सब कुछ ना आता /
दिवास्वप्न जो व्यर्थ देखता, वह पछताता //
जप/तप/मति/बल/मन/साहस/श्रम/धन/उद्यम से/
इच्छित लक्ष्य विराट मनुज निश्चित ही पाता //

३९३. संस्फुरणा

प्रखर ज्ञान की संस्फुरणा ही रहती इच्छा /
ज्यों नदिया में नाव, सदा त्यों बहती इच्छा //
इच्छाओं से लोभ विवर्धित..सत्य मानिए /
बिना कहे ही निश्चित सब कुछ कहती इच्छा //

३९४. निरभ्र आकाश

जो भी व्यक्ति विशेष विलक्षणतम अनुशासित /
जिसका जीवन सत्य/धर्म पर ही आधारित //
जो चरित्र से पावनतम/महनीय सर्वदा /
ज्यों निरभ्र आकाश, वही त्यों ही आनन्दित //

३६५. कीर्ति विलक्षण

कीर्ति विलक्षण चरितरूप वृक्षों की छाया /
वही मुदित, जो ऐसी शीतल छाया पाया //
वरदायक जो 'कल्पवृक्ष' सम अतिविशाल ही /
निश्चित उससे अद्भुत सुखमय सबकी काया //

३६६. सत्संगति से

सत्संगति से उच्च मनुज का चरित सत्यतः /
महाविलक्षण पुरुष पृथक् से रचित सत्यतः //
जो अतिकर्मठ / प्रखर / निरालस / तपोनिष्ठ ही /
वे कर ही लेते जग का मन हरित सत्यतः //

३६७. चरित मनुज का

चर्चाओं से चरित मनुज का ज्ञात स्वतः ही /
जो सुसभ्य, वे करते मधुरिम बात स्वतः ही //
जो अनुपम / अद्भुत / अविचल / सन्तुष्ट सर्वतः /
वे ना करते कभी किसी से घात स्वतः ही //

३६८. तैरा सकता पाषाण

जिसने मन से किया चरित निर्माण तत्त्वतः /
प्रभुचरणों में अर्पित जिसके प्राण तत्त्वतः //
उसे धन/लगन/साहस/प्रतिभा/सत्य सुलभ ही /
वह जल पर तैरा सकता पाषाण तत्त्वतः //

३६९. चरित साथ ना

चरित साथ ना, तो कुछ भी ना साथ सर्वतः /
बिन चरित्र के जैसे मनुज अनाथ सर्वतः //
जो निर्मलतम / अतिविनीत / महनीय / गुणी ही /
उसके सिर पर स्वतः ईश के हाथ सर्वतः //

४००. विलक्षण सुख

जिनका चरित अशुद्ध, उन्हें दुख भारी आते /
जिनका चरित विशुद्ध, विलक्षण सुख वे पाते //
अद्‌भुत चरित प्रभावित करता मनुजमात्र को /
चरितवान पर 'ईश' कृपा अनुपम बरसाते //

४०१. नित नया वस्तुतः

दीन/दुखी पर जो नित करता दया वस्तुतः /
जिसके मन में सन्नारी सी हया वस्तुतः //
जो सबका हित करने दृढ़तम संकल्पित ही /
उसके जीवन में सब कुछ नित नया वस्तुतः //

४०२. अमृत सा पानी

दया/धर्म जिनके मन में, वे अनुपम ज्ञानी /
जो अमृतवाणी ही कहते, वे सम्मानी //
झुके झुके ध्यानस्थ कमल सम नयना जिनके /
उनके मुख पर विद्यमान अमृत सा पानी //

४०३. दया/सरलता

दया/सरलता इक दूजे के संग सर्वदा /
दोनों का जीवन में अनुपम रंग सर्वदा //
धर्म/सत्य/सुख स्वतः परस्पर मित्र तुल्य ही /
उक्त पाँच से मन में दिव्य उमंग सर्वदा //

४०४. सहज प्रेरणा

सभी प्राणियों पर निश्चित ही दया कीजिए /
सुख से रहने उनको अवसर स्वतः दीजिए //
जो करते सत्कर्म विलक्षण अनुपम ऐसे /
सहज प्रेरणा उनसे ही स्वयमेव लीजिए //

४०५. अमृतसागर सा

दुष्टों के घर भी प्रकाश 'शशि' नित फैलाता /
वह ना करता भेदभाव, सबको हरषाता //
दुर्जन पर भी सज्जन त्यों ही दयावान ही /
उनका जीवन अमृतसागर सा लहराता //

४०६. अनुपम जननी

दया वस्तुतः स्वतः धर्म की अनुपम जननी /
एक रखे ही मानव अपनी कथनी/करनी //
मनुज समझ ले गूढ़ अर्थ मानव जीवन का /
'जिसकी जैसी करनी, सचमुच वैसी भरनी' //

४०७. विश्वविदित

जो 'दयालु', वह विश्वविदित निश्चित हो जाता /
वह जीवन में महापुरुष सम आदर पाता //
वह निश्चिन्त विशेष सभी का हित करता ही /
सबके मुख पर अतिप्रसन्नता वह ले आता //

४०८. उपकार

बात दया की स्वयं मूक भी स्वतः समझते /
दयावान से प्रेम विलक्षण वे भी रखते //
भाव दया के जिनके मन में, 'महाप्रज्ञ' वे /
समय समय पर वे उपकार निरन्तर करते //

४०९. घोर भ्रष्ट ही

दुष्कर्मों से मानव जीवन घोर भ्रष्ट ही /
लोक और परलोक उन्ही से स्वतः नष्ट ही //
दोनों लोक सुधरते निश्चित उपकारों से /
जो उपकारी, लेशमात्र ना उसे कष्ट ही //

४१०. दीप

जैसे 'दीप' प्रकाश दूर तक ही फैलाता /
निज अस्तित्व विशेष तमस को वह दिखलाता //
दया / प्रेम / करुणा / सज्जनता / शुचिता बरसा /
अद्‌भुत 'प्रेमी' ऐसे ही यह विश्व झुमाता //

४११. भाग्यविधाता

भले / बुरे के संग मनुज जब जग से जाता /
सिवा इन्हीं के साथ अन्य कुछ ना जा पाता //
सज्जन जाते स्वर्ग, भोगते नीच नरक ही /
इसमें परिवर्तन ना करते भाग्यविधाता //

४१२. वे निन्दित ही

जो अन्यों का भला न करते, वे निन्दित ही /
जो सबको सुख पहुँचाते, वे नित पुलकित ही //
जो चिन्तित / शंकित / विचलित / कलुषित / दुर्मति ना /
देव तुल्य वे मन ही मन अद्‌भुत प्रमुदित ही //

४१३. स्वयमेव खोजिए

परोपकार कर उसी विषय में नहीं सोचिए /
अमृतवचन विशेष सरसतम / मधुर बोलिए //
आकुलता / व्याकुलता मन में तनिक रखें ना /
करने निज कल्याण 'सत्य' स्वयमेव खोजिए //

४१४. जीवन रथ

उपकारों से मनुज ईश के पास पहुँचता /
वही नम्र, जो सदा बड़ों के आगे झुकता //
जो करुणामय / सुखमय / मधुमय / गुणमय / मतिमय /
लक्ष्य सिद्धि तक उसका जीवन रथ ना रुकता //

४१५. माननीय ही

मात/पिता जिसके तन/मन से वन्दनीय ही /
गुरुजन/ज्ञानी जिसके हित नित पूजनीय ही //
जो कृतज्ञ / धर्मज्ञ / प्रज्ञ / मर्मज्ञ / विज्ञ भी /
ईशदृष्टि में सहज मनुज वह माननीय ही //

४१६. चिन्तित ना रहिए

उखड़े उखड़े मन से काम कभी ना करिए /
रहे समय विपरीत, किन्तु, चिन्तित ना रहिए //
रहें सदा ही सभ्य / प्रखरतम / भावमग्न ही /
संग स्वयं के अन्यों को भी पुलकित रखिए //

४१७. परम विवेकी

प्रबल शौर्य से आए दुख निश्चित टल जाते /
महावीर जीवन रण में 'जय' अनुपम पाते //
दूरदर्शिता से जीवन अद्‌भुत सुखमय ही /
परम विवेकी प्रतिपल ही आनन्द मनाते //

४१८. गहन मर्म

दीनों की सेवा मानव का प्रथम धर्म ही /
मनुज न त्यागे मात्र स्वार्थ हित नियत कर्म ही //
नित्य निर्वहन कर्तव्यों का सुख ही देता /
पुरुष यत्नतः जाने जग का गहन मर्म ही //

४१९. स्वर्ग धरा पर

स्वार्थमग्न जो, वही अन्ततः ही पछताता /
स्वार्थनाश के बिना सुख तनिक ना मिल पाता //
जो विशेष निःस्वार्थ / महात्यागी / वैरागी /
वही यत्नतः स्वर्ग धरा पर ले ही आता //

४२०. मोल चुकाएँ

इस जग कुछ भी पाने उसका मोल चुकाएँ /
जो भी अवसर आएँ, उनको त्वरित भुनाएँ //
'प्रज्ञ सर्वतः हर अवसर का लाभ उठाते' /
इसी सूत्र को निश्चित जन जन तक पहुँचाएँ //

४२१. उक्त सात से

क्षमा / धैर्य / सत्कर्म विलक्षण नहीं त्यागिए /
सत्य / दान / गुरु / ज्ञान स्वयं ही संग राखिए //
स्वर्णिम स्वर्णिम अनुपम जीवन उक्त 'सात' से /
निर्धारित कर्तव्यों से ना कभी भागिए //

४२२. उत्तमवृत्ति

सिवा त्याग के उत्तम सुख मिल ही ना पाता /
त्याग सर्वतः अति अद्भुत परिवर्तन लाता //
त्यागवृत्ति से उत्तमवृत्ति कहीं ना जग में /
इसमें ही रम मनुज हृदय निज स्वर्ग बसाता //

४२३. सहज बरसिए

उच्च सफलता पा बादल सम सहज बरसिए /
कर उपकार विशेष हृदय से स्वतः हरखिए //
जनहित का संकल्प लीजिए सुख से रहने /
प्रतिमानक इतिहास विलक्षण सदा विरचिए //

४२४. क्यों ना भाओगे?

सबको सुख बाँटोगे, तो ही सुख पाओगे /
मिलने अद्भुत अनुभव, यदि, ठोकर खाओगे //
यदि, छाओगे आषाढ़ी बादल सम नभ में /
सकल विश्व को बोलो तुम क्यों ना भाओगे?

४२५. अनुपम अनुराग

है रहस्य सुख का..अति अद्‌भुत त्याग तत्त्वतः /
मनुज न हड़पे कभी किसी का भाग तत्त्वतः //
सहज सभी कुछ उसकी मुट्ठी में आता ही /
परम ईश से, यदि, अनुपम अनुराग तत्त्वतः //

४२६. नित मुसकाएँ

भले व्यस्ततम हम कितने भी हो ही जाएँ /
कितना भी हम नाम विश्व में स्वयं कमाएँ //
याद रखें यह सूत्र विलक्षणतम सुख का ही /
कुछ भी हो, पर, 'स्वर्णकमल' सम नित मुसकाएँ //

४२७. शारदीय नभ

मरने का भय आजीवन बिलकुल ना रखिए /
जीने / मरने की चिन्ता भी कभी न करिए //
अगर, भोगने स्वर्गाधिक सुख धरती पर ही /
शारदीय नभ सम अनुपम मुसकाते रहिए //

४२८. रवि जैसा

जिसका मुख रवि जैसा प्रतिपल बहुत दमकता /
प्रेम सदा जिसके नयनों से स्वतः छलकता //
उससे ही व्यक्तित्व ज्ञात तेजस्वी कितना ?
जो प्रसन्न, वह चन्द्र तुल्य स्वयमेव चमकता //

४२९. सीख लीजिए

सीख लीजिए आजीवन ही प्रमुदित रहना /
यह जीवन का अति आकर्षक/मोहक गहना //
वह प्रसन्नता/सुख/धन/यश/आदर पाता ही /
शिरोधार्य करता ही जो वृद्धों का कहना //

४३०. सफल सर्वतः

जो उदास, वह पदे पदे ही विफल सर्वतः /
जो प्रसन्न, वह आजीवन ही सफल सर्वतः //
कमलों/झरनों/तालों से जो हँसना सीखा /
वही विकल ना, वह ना करता विकल सर्वतः //

४३१. स्वागत

प्रमुदित ही रह सदा अतिथि का स्वागत करिए /
उनके साथ विशेष नम्र, निर्मलतम रहिए //
करवाएँ जलपान/भोज भी उन्हें समय से /
बहुत प्रेम से उनको अपने घर में रखिए //

४३२. रचनाशक्ति

जो प्रसन्न, उनमें ही रचनाशक्ति विलक्षण /
स्वर्णिम स्वर्णिम, हर्षप्रदायक उनका हर क्षण //
अतुलनीय मुसकान रिझाती निश्चित पल में /
'सबको सुख ही देना' मानव यह कर ले प्रण //

४३३. आनन्द विलक्षण

परहित में आनन्द विलक्षण.. प्रज्ञ जानते /
उच्च सफलता हित वे धीरज सदा धारते //
जो देते मुसकानरूप वरदान हृदय से /
उनको लोग विशेष स्वयं भगवान मानते //

४३४. मुसकाना

जो उदास, वे आनन्दित प्रायः ना रहते /
सदा सभी को मुदित कभी भी वे ना करते //
किन्तु, सीख लेते जो शिशुओं सम मुसकाना /
वे सबके मन सुख/उजास रवि सम ही भरते //

४३५. सम्प्रेरक

जो प्रसन्न रह भाँति भाँति के बोझ उठाते /
जो आजीवन हाय हाय भी नहीं मचाते //
जो सबको सुख देने निश्चित 'संकल्पित' ही /
आगे चलकर वे 'सम्प्रेरक' ही बन जाते //

४३६. उत्कर्ष स्वतः ही

मानव जीवन में अगणित संघर्ष स्वतः ही /
मन से शोक विशेष, इसी से हर्ष स्वतः ही //
जो चंचल मन निज वश रखते 'बुद्धियोग' से /
महापुरुष जैसा उनका उत्कर्ष स्वतः ही //

४३७. शशि सम मुसकान

जो प्रसन्न, उनका मुख कमल समान वस्तुतः /
है प्रसन्नता प्रभु का ही वरदान वस्तुतः //
इससे उत्तम क्रिया अन्य ना सकल सृष्टि में /
सम्मोहित करती शशि सम मुसकान वस्तुतः //

४३८. ज्ञानपान

बात बात में कोष सुखों के नहीं लुटाएँ /
सूत्र ज्ञान के चाहे जिसको नहीं बताएँ //
जो इच्छुक हों ज्ञानपान हित संकल्पित ही /
प्रज्ञ ज्ञान के अनुपम 'अनुभव' उन्हें कराएँ //

४३९. सम्मोहक

हर प्रसन्न का सम्मोहक व्यवहार सर्वतः /
निश्चित अति आनन्दित बहुत उदार सर्वतः //
सहज हास परिहास सभी को स्वतः रिझाता /
प्रमुदित के वश मानो यह संसार सर्वतः //

४४०. क्षमता

जो विनम्र, उसकी क्रमशः वर्धित ही क्षमता /
स्वतः उमड़ती वृद्धों की उस पर ही ममता //
विश्वविजय सम्भव 'विनम्र' से, सत्य मानिए /
विद्यमान ही हर विनीत के मन में मृदुता //

४४१. विनय ही

सभी गुणों का हिमालयी आधार विनय ही /
निश्चित ही मानव जीवन का सार विनय ही //
जो भी नम्र विशेष, सफलता उसके पग में /
सुख ही पाने मनुज करे स्वीकार विनय ही //

४४२. पशु समान

जो विनम्र ना, पशु समान वह व्यक्ति वस्तुतः /
क्रमशः क्षीण विशेष उसी की शक्ति वस्तुतः //
जो विनयी / सद्गुणी / विलक्षण / कर्मठ / योगी /
उस 'साधक' की स्वतः सफलतम भक्ति वस्तुतः //

४४३. धन्य धन्य ही

झुके फलित वृक्षों से मानव शिक्षा पाए /
कृष्ण मेघ सम वरदायक वह हो ही जाए //
इससे जीवन अति आनन्दित / धन्य धन्य ही /
मनुज किसी को कष्ट व्यर्थ ही ना पहुँचाए //

४४४. हिमगिरि जैसी

आदर पाने का 'इच्छुक' अतिनम्र रहे ही /
वचन सन्तुलित / मधुर / सरस / प्रिय सदा कहे ही //
हिमगिरि जैसी उच्च्व प्रतिष्ठा अनुपम पाने /
मनुज विमोहक कर्म विलक्षण नित्य करे ही //

४४५. नम्रता से उन्नति

मनुज नम्रता से उन्नति निश्चित कर सकता /
सरल / तरल / महनीय/गुणी आनन्दित रहता //
व्यक्ति स्वाभिमानी / सम्मानी/ ज्ञानी/ ध्यानी /
किसी अन्य के घर वह बिलकुल भी ना तकता //

४४६. 'विनयी'

बहुत बड़े होने पर भी जो 'विनयी' रहते /
जो अपंग/दीनों की सेवा मन से करते //
महापुरुष सम वे मानवता के प्रतीक ही /
निज यत्नों से वे सबको पुलकित ही रखते //

४४७. सहयोगी

जो अन्यों के सुख/दुख में नित हाथ बँटाते /
विपदाओं के चक्रवात से ना घबराते //
उनके सुख/दुख में भी सब निश्चित सहयोगी /
वे जीवन में मात प्रायशः कभी न खाते //

४४८. उपकारी के संग

उपकारी के संग साधुता जो भी रखते /
कर्म विलक्षण उनके अति अद्‌भुत ही रहते //
जो निन्दक के साथ स्वतः अच्छा करते ही /
निश्चित वे मतिमान जगत को विस्मित करते //

४४९. अद्‌भुत क्षमावान

जो समर्थ होकर भी अद्‌भुत क्षमावान ही /
साधु तुल्य वे अनुपम / अविचल ज्ञानवान ही //
क्षमाशील को आदर देते सभी सर्वतः /
उपकारी रखते सबका स्वयमेव ध्यान ही //

४५०. कृतार्थ ही

क्षमा मनुज का गुण अनुपम ही, यह यथार्थ ही /
चाहे जब ही व्यक्ति न साधे घोर स्वार्थ ही //
देव तुल्य आदर देते जो मात/पिता को /
जीते जी उनका जीवन निश्चित कृतार्थ ही //

४५१. दिव्य / अखण्ड

दुष्टों का बल हिंसा घोर प्रचण्ड सर्वतः /
राजाओं का बल न्यायोचित दण्ड सर्वतः //
गुणवानों की शक्ति विलक्षण 'क्षमा' सर्वदा /
इससे वे सुख पाते दिव्य / अखण्ड सर्वतः //

४५२. सदुपयोग

सदुपयोग जो अद्‌भुत करते सदा समय का /
जान चुके जो तत्त्व विलक्षण सहज प्रणय का //
कोई भी विश्वास करे या नहीं करे भी /
निश्चित ही मिलना अक्षय सुख उन्हें हृदय का //

४५३. श्रद्धाभाव

जहाँ बुद्धि ना जाती, श्रद्धा वहाँ पहुँचती /
देवों/वृद्धों के आदर हित ही यह रुकती //
श्रद्धाभाव विशेष वस्तुतः जिनके मन में /
सत्य मानिए, 'सृष्टि' उन्हीं के आगे झुकती //

४५४. चैतन्य

श्रद्धा से बँध ही जाता चैतन्य वस्तुतः /
इसके जैसी शक्ति कहीं ना अन्य वस्तुतः //
जैसी 'श्रद्धा', वैसा ही फल मानव पाता /
श्रद्धावान विशेष स्वतः ही धन्य वस्तुतः //

४५५. दीनों की सेवा

लूट धनिक को जो दीनों की सेवा करते /
सिवा ईश के कभी किसी से जो ना डरते //
आदरणीय विशेष व्यक्ति वे पूजनीय ज्यों /
ईशकृपा से वे आनन्दित निश्चित रहते //

४५६. सपन प्रणय के

दिवास्वप्न तो सचमुच ही निःसार सर्वतः /
उससे सम्भव ना सुख का आधार सर्वतः //
अगर, अलौकिकता मन में अनुभव करना ही /
सपन प्रणय के करिए ही साकार सर्वतः //

४५७. ज्ञानी रहिए

आजीवन वाणी / रसना पर संयम रखिए /
दान / पुण्य जितना हो सम्भव.. निश्चित करिए //
बचिए ही घनघोर क्रोध / मद / लोभ / मोह से /
शुद्ध हृदय रख महाविवेकी / ज्ञानी रहिए //

४५८. कहीं न रुकिए

सबकी बातें बहुत ध्यान से निश्चित सुनिए /
पुष्प 'भाव' के सत्पथ से सुरभित ही चुनिए //
अगर, लक्ष्य पाना हो नीलगगन से ऊँचा /
सदा सजग / सक्रिय / सतर्क रह कहीं न रुकिए //

४५९. सम्मान करें ही

अधिक सुनें, देखें, बोलें कम, ध्यान धरें ही /
व्यापक ईश विशेष विलक्षण.. ज्ञान रखें ही //
ईश निकटता 'अन्तर्मन' में अनुभव करने /
मात / पिता का आजीवन सम्मान करें ही //

४६०. दुर्लभतम

कड़वी / हितकर / प्रियकर बातें जो भी करते /
महाप्रज्ञ वे प्रायः दुर्लभतम ही रहते //
जो भी सुनते बहुत ध्यान से उनकी चर्चा /
सदा सफल वे, यदि, निज मन में धीरज धरते //

४६१. मुसकान

कभी किसी के भी मन में भ्रम ना उपजाएँ /
सदा सत्यता से सबको अवगत करवाएँ //
ज्ञान / धर्म / सत्कर्म / न्याय / निष्ठा / निश्चय से /
सबके अधरों पर मुसकान स्वयं थिरकाएँ //

४६२. शब्दों की रचना

गहन अध्ययन से सम्भव शब्दों की रचना /
इन्हें प्रतिष्ठित करने स्वयं समर्पित रहना //
जिन्हें ज्ञात शब्दों की महिमा 'बुद्धियोग' से /
उन गुरुओं के श्रीचरणों में मन से रमना //

४६३. अन्य का भाग

कटुवचनों का मन से करिए त्याग वस्तुतः /
मधुरिम वचनों से रखिए अनुराग वस्तुतः //
कच्चे फल त्यागें, खाएँ फल पके, मधुर ही /
कभी न छीनें किसी अन्य का भाग वस्तुतः //

४६४. सर्वसमर्थ

देते शब्द विशेष विलक्षण अर्थ तत्त्वतः /
निश्चित ही ये अनुपम / सर्वसमर्थ तत्त्वतः //
भाषाविज्ञानी अवगत इनकी महिमा से /
कभी कभी शब्दों से घोर अनर्थ तत्त्वतः //

४६५. विनयी वे ही

समर जीत कर ही जो आते, विजयी वे ही /
भोगों को 'सर्वस्व' बताते, विषयी वे ही //
फलित वृक्ष/जलधर से सम्प्रेरित ही जो जो /
सकल विश्व यह सहज रिझाते, विनयी वे ही //

४६६. मौन/योग/एकान्त

मौन/योग/एकान्त इन्हीं से पुलकित साधक /
प्रभुचरणों में मग्न नित्य अनुपम आराधक //
जो निर्मल / ज्ञानी / ध्यानी / दानी / सम्मानी/
वे योगी सम सबके हित अद्‌भुत वरदायक //

४६७. अज्ञों का मौन

ज्ञानसभाओं में अज्ञों का मौन उचित ही /
जो सम्प्रेरित मौन धारता, वही मुदित ही //
जो श्रद्धामय / विनयी / निर्मलतम / निर्लोभी /
उनके मन में सूर्य ज्ञान का प्रखर उदित ही //

४६८. तत्क्षण पिघलाती

कभी कभी तो वाणी विषमय बाण चलाती /
यही चिता सम हृदय मनुज का बहुत जलाती //
यदि, अमृतमय/मधुमय/सुखमय/गतिमय वाणी /
वही पत्थरों तक को भी तत्क्षण पिघलाती //

४६९. स्वर्ग बसाती

मृदुभाषी की शक्ति विलक्षण बढ़ती जाती /
दृढ़ता / समता / पावनता तत्काल रिझाती //
अमृतवाणी के अनुपम आनन्द अनूठे /
यह मन में अमृतप्रवाह से स्वर्ग बसाती //

४७०. प्रज्ञ की वाणी

पास मनुज के धन हो भले अपार वस्तुतः /
चाहे उस पर मोहित हो संसार वस्तुतः //
किन्तु, प्रज्ञ की वाणी सर्वाधिक मोहक ही /
उससे आकर्षित सब बारम्बार वस्तुतः //

४७१. शीतलता पहुँचाएँ

कटुकवचन कहने से अच्छा..चुप रह जाएँ /
जानबूझ कर हृदय किसी का नहीं दुखाएँ //
यदि, बरसाना, तो बरसाएँ अमृतवाणी /
सबके मन को शशि सम शीतलता पहुँचाएँ //

४७२. प्रेम अपार सत्यतः

चमत्कार से विस्मित यह संसार सत्यतः /
बहुत प्रभावित करते ही सुविचार सत्यतः //
धनी विचारों का हर मानव देव तुल्य ही /
उसको करता यह जग प्रेम अपार सत्यतः //

४७३. सिद्धि की लगन

जो मनुष्य अपने कामों में मगन सर्वथा /
उच्च सफलता की जिसके मन अगन सर्वथा //
सफलीभूत विशेष वस्तुतः वही अन्ततः /
मानव के मन रहे 'सिद्धि' की लगन सर्वथा //

४७४. मनुज विशेष

जो विचार/व्यवहार आदि में एकरूप ही /
जिनके आगे एक..रंक या प्रबल भूप ही //
राग/द्वेष/दुर्भाव/छल/कपट जो ना रखते /
वे ही मनुज विशेष विलक्षणतम/अनूप ही //

४७५. अनमोल

सुन्दर/सुखद विचार सदा अनमोल वस्तुतः /
सत्यनिष्ठ ना करते टालमटोल वस्तुतः //
जो उन्मुक्त विशेष विलक्षण/लोकहितैषी /
समय समय पर वे हँसते दिल खोल वस्तुतः //

४७६. विलक्षण/अद्‌भुत

जो विचार/व्यवहारों में समता ही रखते /
आजीवन उपकार विलक्षण/अद्‌भुत करते //
जिनकी निष्ठा कभी नहीं सन्दिग्ध सत्यतः /
वे धरती पर देव तुल्य आनन्दित रहते //

४७७. चमत्कार घनघोर

शक्ति सत्य की चमत्कार घनघोर दिखाती /
यह जीवन में दैविक परिवर्तन ही लाती //
घास झूठ की इससे भस्म विशेष सर्वतः /
सत्यनिष्ठ को यही स्वर्ग तक ले ही जाती //

४७८. सहज मित्रता

उच्च विचारों संग मनुज जो प्रतिपल रहते /
सत्य/धर्म से सहज मित्रता जो भी रखते //
वे ना एकाकी, ना विचलित, नहीं भ्रमित भी /
कर्म ऐतिहासिक/अद्‌भुत/ अनुपम वे करते //

४७९. उत्तम संस्कार

केवल धन से ही उत्तम संस्कार न आते /
महाधनिक आजीवन प्रायः सुख ना पाते //
सुविचारों से, सत्कर्मों से, यत्नों से ही /
धन पा पुरुष विशेष बहुत 'आनन्द' मनाते //

४८०. बुरे विचार

शत्रु सुखों के..भीषण बुरे विचार वस्तुतः /
मनुज कभी ना करे इन्हें स्वीकार वस्तुतः //
सद्विचार से सब कुछ सम्भव अनायास ही /
समय समय पर व्यक्ति करे उपकार वस्तुतः //

४८१. माध्यम

सुविचारों की रम्य वेषभूषा प्रिय भाषा /
संवादों का अद्‌भुत / अनुपम माध्यम भाषा //
भाषा से ही चमत्कार विघटित जीवन में /
लाती सर्वाधिक मोहक परिवर्तन भाषा //

४८२. उठ जाएँ

अगर, गिरें भी, तो तत्क्षण झटपट उठ जाएँ /
यह जीवन में घटित कभी भी, ना घबराएँ //
किन्तु, प्रतिष्ठा ना गिरने दें तनिक स्वयं की /
यत्न करें ऐसे ही..सबको सुख पहुँचाएँ //

४८३. रमणीय बोलिए

विपदाओं में बाल स्वयं के नहीं नोचिए /
लाभ/हानियों के बारे में सहज सोचिए //
तभी करें प्रारम्भ काम मति/बल/यत्नों से /
मधुर / विलक्षण / सरस वचन रमणीय बोलिए //

४८४. स्वयं जलाएँ

हर असत्य को सत्य कभी भी ना मनवाएँ /
घोर कुशंका / शंका / भ्रम / भय ना उपजाएँ //
सत्य / अहिंसा / धर्म / ज्ञान / शुचिता / समता से /
ज्योति घोर अज्ञानविनाशक स्वयं जलाएँ //

४८५. ना दें आमन्त्रण

विपदाओं को स्वयं कभी ना दें आमन्त्रण /
रखें सहज निज व्यवहारों पर सदा नियन्त्रण //
सम्मोहक ही रखें सौम्य व्यक्तित्व स्वतः ही /
शुद्ध हृदय से त्वरित निभाएँ ही अपने प्रण //

४८६. प्रेम अपार

जो मानव करता जैसा व्यवहार वस्तुतः /
वह निश्चित पाता वैसा आधार वस्तुतः //
कपटी से छल/कपट/दुष्टता से ही निबटें /
सज्जन बाँटे अद्‍भुत 'प्रेम' अपार वस्तुतः //

४८७. सदा रिझाएँ

मधुर बोल निर्धन सबको ही सदा रिझाएँ /
रह निश्चिन्त विशेष समय विपरीत बिताएँ //
'घूरे के भी दिन फिरते ही' वे यह सोचें /
प्रिय मित्रों से सहज मित्रता नित्य निभाएँ //

४८८. तन/मन/धन से

किसी 'विवश' की हँसी कभी भी नहीं उड़ाए /
ना अपंग/निर्धन/निर्बल को दुख पहुँचाए //
पहुँचाए सुख हर अशक्त को तन/मन/धन से /
शुभकर्मों से व्यक्ति हृदय निज स्वर्ग बसाए //

४८९. सम्मान हृदय से

मिलते ही मित्रों को दें 'सम्मान' हृदय से /
उनसे चर्चाएँ भी करिए सहज प्रणय से //
सुयश पीठ पीछे ही गाएँ मन से उनका /
उन्हें करें सहयोग कष्ट में सदा समय से //

४६०. खूँटी पर टाँगें

याचक जैसे कभी किसी से कुछ ना माँगें /
विधि निर्धारित सीमाएँ बिलकुल ना लाँघें //
काम/क्रोध/मद/लोभ/मोह/मत्सर को मन से /
बाँध 'पोटली' अपने घर खूँटी पर टाँगें //

४६१. पारदर्शी

रखें 'पारदर्शी' अपने को आजीवन ही /
मात/पिता को करें समर्पित तन/मन/धन ही //
प्रतिमानक 'आयाम' रचें अति अद्‌भुत ऐसे /
जिनसे सर्वाधिक ही विस्मित हो जन जन ही //

४६२. व्यवहारकुशलता

संकल्पित रह अपने दुर्गुण त्वरित हटाएँ /
अन्यों के भी सद्‌विचार निश्चित अपनाएँ //
अति अद्‌भुत व्यवहारकुशलता सीख 'बड़ों' से /
स्वर्णिम स्वर्णिम जीवन अनुपम सफल बनाएँ //

४६३. ज्ञानरूप अमृत

जीवन कर्मविहीन वस्तुतः कभी न जीना /
काम करे ना मनुज कभी भी घीना घीना //
अगर, अलौकिक दिव्य स्वर्ग सम सुख पाना हो /
ज्ञानरूप अमृत मन से आजीवन पीना //

४६४. कर्म और जीवन

कर्म और जीवन ये दोनों एक नाम ही /
मनुज करे ही सहज व्यवस्थित सभी काम ही //
अगर, सुखी सर्वाधिक रहना सन्तानों को /
मात/पिता को करें हृदय से नित प्रणाम ही //

४६५. प्रतिरोध सर्वदा

अत्याचारों का करिए प्रतिरोध सर्वदा /
अपने मन में रखिए इतना बोध सर्वदा //
उसे विलक्षणतम सुख आजीवन निश्चित ही /
जिसने निज वश किया सर्प सम क्रोध सर्वदा //

४६६. स्वर्णिम जीवन

जीवन खाने/पीने का ना नाम वस्तुतः /
स्वर्णिम जीवन स्वर्ग तुल्य अभिराम वस्तुतः //
इस जीवन का अर्थ सदा गतिमय रहना ही /
मनुज करे नित विस्मयबोधक काम वस्तुतः //

४६७. आत्मविश्लेषण

चाहे जो हो, औरों का धन कभी न खाएँ /
बने जहाँ तक..अन्यों को सुख ही पहुँचाएँ //
करें आत्मविश्लेषण समुचित शुद्ध हृदय से /
करने नियमित कर्म कभी भी ना अलसाएँ //

४६८. कर्म का अर्थ

बिन सुगन्ध के पुष्प सर्वथा व्यर्थ सत्यतः /
बिना ध्येय के नहीं कर्म का अर्थ सत्यतः //
बिन प्रसन्नता जीवन ही निःसार स्वतः ही /
बिना 'अर्थ' के प्रायः घोर अनर्थ सत्यतः //

४६९. नित आराधन

जब तक जीवन, करें गुणों का नित आराधन /
निज मन रक्खें विमल सन्त सम अनुपम पावन //
करें सदा उपकार विलक्षण पूरे मन से /
आदिकाल से ही स्वीकृत यह धर्म सनातन //

५००. निश्चित ही लड़िए

वैसे झूठे झगड़ों में बिलकुल ना पड़िए /
बिना बात अड़ियल घोड़े जैसे ना अड़िए /
एक बात के लिए, किन्तु, संकल्पित ही हों /
अत्याचारों के विरुद्ध निश्चित ही लड़िए //

५०१. व्याख्यायित

संस्कारों से ही मानव जीवन व्याख्यायित /
जो सज्जन/धर्मज्ञ कभी वे नहीं विवादित //
वे सन्तानें शिखर सफलताओं के छूतीं /
मात/पिता जिनसे प्रतिदिन नियमित आराधित //

५०२. कलामग्न

कलामग्न जो, वे रहस्य अति अद्‌भुत पाते /
निज कृतित्व से वे सारे जग को चकराते //
जिनकी कला विशेष प्रकट करती विस्मय ही /
रसिक वर्ग उनका यश मन से निश्चित गाते //

५०३. उत्कर्ष प्रायशः

अतिविचित्र अनुभव देते संघर्ष प्रायशः /
संघर्षों के बाद उच्च उत्कर्ष प्रायशः //
जो संकल्पित, 'सफलीभूत' विशेष सदा वे /
शारदीय नभ सम उनके मन हर्ष प्रायशः //

५०४. दिव्य ठाठ ही

बिना नम्रता जीवन जैसे शुष्क काठ ही /
सहज विनय इस जीवन का महनीय पाठ ही //
जो विनम्र / गुणवान / विलक्षण / प्रज्ञ / सभ्य भी /
उनके अनुपम 'राजा' जैसे दिव्य ठाठ ही //

५०५. वही अमर ही

जो भी मन को सहज मारता, वही अमर ही /
सत्य/धर्म जो न्याय धारता, वही अमर ही //
देश हेतु 'सर्वस्व' समर्पित जिसका मन से /
जो सबका हित सदा चाहता, वही अमर ही //

५०६. जीवन दर्पण

जीवन दर्पण देख हृदय से ही मुसकाएँ /
मैल चढ़े दर्पण को मन से स्वच्छ बनाएँ //
चिन्ताओं का मैल न चढ़ने दें उस पर ही /
उसे विखण्डित होने से भी सदा बचाएँ //

५०७. सदा सक्रिय ही

क्षुद्र तुल्य जीवन यापन बिलकुल ना करिए /
नभ में विहग समान सदा गतिमय ही रहिए //
करिए मात/पिता की सेवा भक्त तुल्य ही /
मुदित चन्द्र सम अपने को पुलकित ही रखिए //

५०८. महाविलक्षण विद्या

अनुभव द्वारा महाविलक्षण विद्या पाएँ /
अति उत्तम शिक्षा से ऊँचा नाम कमाएँ //
ज्ञानरूप अनुपम अमृत वितरित करने ही /
नीलगगन में मोहक 'मेघा' जैसे छाएँ //

५०९. वर्षा में

मन में धीरज धरने की जो शिक्षा पाते /
चक्रवात सम कष्टों से जो ना घबराते //
सागर सम जो बहुत अधिक गम्भीर सर्वतः /
वे वर्षा में 'मानसरोवर' सम लहराते //

५१०. मन मन हर्षित

सचमुच वह धन अपना, जो निज श्रम से अर्जित /
ऐसे धन से सज्जन निश्चित मन मन हर्षित //
श्रम / निष्ठा / दृढ़ता / क्षमता / सारल्य / भव्यता /
मनुज स्वाभिमानी इनसे अति अद्भुत गर्वित //

५११. नतमस्तक

परम ईश के प्रति अर्पण मन से ही रखिए /
उनके आगे भक्त तुल्य नतमस्तक रहिए //
अन्तिम पल तक थामे रखिए हाथ सत्य का /
घोर घोर विश्वासघात बिलकुल ना करिए //

५१२. इतिहास रचाते

श्रमजीवी ही जीवन का सच्चा सुख पाते /
कर्म निरन्तर करने से वे ना घबराते //
उनसे ही निर्माण विलक्षण / विस्मयकारी /
वे निश्चित ही 'सम्प्रेरक' इतिहास रचाते //

५१३. धन प्रभूत

गुप्तरूप से धन प्रभूत जिनके घर आता /
ऐसा परधन प्रायः बिलकुल ना टिक पाता //
किन्तु, परिश्रम से आता जो वित्त शुद्ध ही /
अनायास वह अति अद्भुत परिवर्तन लाता //

५१४. चोटी

परिश्रमी को सचमुच ही मिल जाती रोटी /
स्वतः ज्ञान उपलब्ध, बुद्धि जिसकी ना खोटी //
उद्यम / बल / साहस / मति / क्षमता / ज्ञान / कर्म से /
स्वतः हस्तगत उच्च सफलताओं की चोटी //

५१५. यशोगान

जो पुरुषार्थ विहीन व्यक्ति, वह शव समान ही /
वह असफल ही, जिसे समय का नहीं ध्यान ही //
वही सफलतम ज्ञानी, जो सबका हित करता /
त्रिभुवन में ही उसका अद्भुत यशोगान ही //

५१६. भाग्यविधाता

जो करता पुरुषार्थ, भाग्य का वह निर्माता /
भाग्यभरोसे जो ना रहता, वह सुख पाता //
सहज / समर्पित / परिश्रमी / सज्जन / ज्ञानी के /
समय समय पर प्रबल सहायक भाग्यविधाता //

५१७. निर्धारण

है स्वभाव से स्वर्ग / नरक तक का निर्धारण /
रामशरों से निज स्वभाव से ही मृत रावण //
रखे मनुज निज प्रकृति अतः, अद्भुत / सुरम्य ही /
व्यक्ति किसी को कष्ट नहीं दे कभी अकारण //

५१८. स्वाभिमान

अधम सदा आजीवन धन की इच्छा करते /
मध्यम धन / सम्मान चाह पुलकित ही रहते //
पर..उत्तम सम्मान चाहते 'देव' तुल्य ही /
'स्वाभिमान सर्वोपरि' वे यह सबसे कहते //

५१९. निश्चिन्त

सारे दुर्गुण निज मन से निश्चित निकालिए /
दुख / तनाव / शंका / चिन्ताएँ नहीं पालिए //
महामना सम रहिए ही 'निश्चिन्त' सर्वदा /
कच्ची मिट्टी सम स्वभाव निज उचित ढालिए //

५२०. चंचल बालक

जो स्वभाव जिसका, वह बिलकुल नहीं बदलता /
चंचल बालक चाहे जब ही बहुत मचलता //
सागर सम गम्भीर मनुज ना विचलित प्रायः /
संकल्पित ही निज वचनों से नहीं पलटता //

५२१. मेघ नचाते मोर

घटिया से घटिया जीवन ना कभी बिताएँ /
अपनी उच्च प्रतिष्ठा बिलकुल नहीं गिराएँ //
अद्‌भुत / अनुपम / विस्मयबोधक शुभकर्मों से /
मेघ नचाते मोर..विश्व त्यों स्वयं रिझाएँ //

५२२. मधुरिम गोदुग्ध

ज्यों मधुरिम गोदुग्ध, मधुरतम त्यों ही रहिए /
अनुपम चर्चाएँ निर्मल मन से ही करिए //
सौ प्रतिशत ज्यों शुद्ध स्वर्ण त्यों रख निज मन ही /
प्रिय स्वभाव से अन्यों को पुलकित ही रखिए //

५२३. सुख से रहिए

बुरी आदतें तुरत त्यागिए..सुख से रहिए /
चक्रवात सम दुख यदि, आएँ, उनको सहिए //
निन्दा करते लोग पीठ के पीछे भारी /
अतः, दुःख निज सबसे बिलकुल भी ना कहिए //

५२४. माया ममता

ध्यान असम्भव सचमुच ही बिन यौगिक क्षमता /
बिन सुस्थिरता अचल ध्यान में मन ना रमता //
ज्ञान / ध्यान / अभियान / दान हित 'संकल्पित' जो /
उनको बाधित कभी न करतीं माया / ममता //

५२५. द्वार लक्ष्य के

द्वार लक्ष्य के धीरज से निश्चित खुल जाते /
धैर्यशील तो संकट में भी ना अकुलाते //
उन्हें विलक्षणतम सुख मन में, जो उपकारी /
प्रातःकालिक स्वर्णकमल सम वे हरषाते //

५२६. श्रीवर्धन

मनोनियन्त्रण / धैर्य / दया / संयम रख रहिए /
पावनता से वचन विलक्षण / अनुपम कहिए //
कभी न करिए द्रोह मित्र से व्यर्थ सर्वथा /
इन सातों से आजीवन 'श्रीवर्धन' करिए //

५२७. अद्‌भुत धीर

जो विकार रहते भी..अद्‌भुत धीर वस्तुतः /
जो चर्चा के समय सदा गम्भीर वस्तुतः //
धैर्यशील जो ज्ञानवान स्वयमेव सर्वदा /
उन्हें न बाधित करती प्रायः पीर वस्तुतः //

५२८. चटनी, रोटी

फटे वस्त्र भी स्वच्छ नित्यशः अच्छे लगते /
चटनी, रोटी खा भी निर्धन प्रमुदित रहते //
जो कुरूप, वे प्रिय स्वभाव से नित शोभित ही /
धैर्यशील ऐसे ही सबको मोहित करते //

५२९. सज्जन

यदि, सज्जन निर्धन, तो भी धनवान स्वतः ही /
अति आकर्षित करता उनका ज्ञान स्वतः ही //
सज्जन सबकी सहायता भी करते मन से /
उनके अधरों पर शशि सम मुसकान स्वतः ही //

५३०. पगचिह्नों पर

दिव्य प्रकृति के पगचिह्नों पर प्रतिदिन चलिए /
महादुष्ट सम कभी किसी को भी ना छलिए //
धैर्यवान सम प्रिय स्वभाव रखिए ही अपना /
ऐश्वर्यों से किसी अन्य के कभी न जलिए //

५३१. भाग्यविधाता

हाय हाय जो करता, वह निश्चित गिर जाता /
वह आनन्द विशेष विलक्षण कभी न पाता //
सहज/व्यवस्थित/सुस्थिर/दृढ़तम/महागुणी जो /
दिव्य कृपा बरसाते उन पर भाग्यविधाता //

५३२. 'दैव'

घोर साहसी संग 'दैव' निश्चित ही रहता /
वह उसका मन सर्वाधिक उत्साहित रखता //
उच्च सफलताएँ उसके ही चरण चूमतीं /
वही गगन से उच्च / विशद आयाम विरचता //

५३३. महाबली

धरा / गगन को इक करते ही घोर साहसी /
मन से महाबली रहते ही घोर साहसी //
विकट असम्भव इनसे सम्भव अनायास ही /
जग ज्यों मुट्ठी में रखते ही घोर साहसी //

५३४. मित्र भी रिपु

जिनमें ना उत्साह, मित्र भी रिपु ही उनके /
अगर, मनुज घनघोर आलसी, वे ज्यों तिनके //
जिनमें अति उत्साह विलक्षण सागर जैसा /
उनको नित आनन्द, मित्र अनुपम ही जिनके //

५३५. प्रेम समान

साहस 'प्रेम' समान, इसी से पूरी आशा /
जो न साहसी, उनके मन घनघोर निराशा //
अगर, सुखी रहने का निश्चय किया मनुज ने /
कभी निकट वह ना आने दे विकट हताशा //

५३६. नियमित संयम

सदा बाहरी संयम संयम नहीं सर्वथा /
मनुज ध्यान ना भटकाए ही कहीं सर्वथा //
अन्तर्मन से नियमित संयम जहाँ सर्वतः /
विमलहृदय में अनुपम सुख ही वहीं सर्वथा //

५३७. उत्तम सद्गुण

सबसे उत्तम सद्गुण 'संयम', ध्यान धरें ही /
हों हृदयस्थ विशेष मित्र, यह ज्ञान रखें ही //
घोर संयमित के निर्णय ना कभी बदलते /
नियम और संयम अनुपम वरदान रहें ही //

५३८. प्रेम अखण्ड

नहीं सफल वे, जो प्रायः उद्दण्ड सत्यतः /
उनके मधुरिम सपने सचमुच भण्ड सत्यतः //
रचते वे आयाम विलक्षण नभ से ऊँचे /
जिनके मन में अनुपम 'प्रेम' अखण्ड सत्यतः //

५३९. प्रबल सत्यता

अज्ञ हृदय निज सदा धारते ही असत्यता /
धूर्त समझते नहीं, वस्तु क्या प्रबल सत्यता ?
सत्यनिष्ठ / महनीय / गुणी / ज्ञानी / चिन्तक जो /
सदाचार सम्पन्न, ज्ञात ही उन्हें सभ्यता //

५४०. प्रभु के दर्शन

सत्यनिष्ठता आजीवन ही नहीं बेचिए /
निजी स्वार्थ हित टाँग किसी की नहीं खेंचिए //
यदि, करने हों 'प्रभु' के दर्शन स्वतः सहज ही /
अन्तर्मन में झाँक तत्त्वतः स्वयं देखिए //

५४१. प्रतिबद्ध विशेष

सत्यनिष्ठ तो दसों सहस्रों में 'कुछ' होते /
किसी मूल्य पर वे अपनी निष्ठा ना खोते //
वे प्रतिबद्ध विशेष सदा निज वचन निभाने /
सहज लगाते वे अमृतसागर में गोते //

५४२. ताल कमल के

नमक / मिर्च बातों में सज्जन नहीं लगाते /
कहते वे सुस्पष्ट वचन, ना भ्रम उपजाते //
वे स्वभावतः सरल / तरल / निर्मल / मृदुभाषी /
ताल कमल के, त्यों वे आजीवन मुसकाते //

५४३. प्रीत विलक्षण

नारकीय सम्बन्ध भयंकर पल में तोड़ें /
आशा अद्‌भुत..इसका साथ कभी ना छोड़ें //
केवल सुख से रहने की इच्छा हो मन में /
प्रीत विलक्षण अनायास सबसे ही जोड़ें //

५४४. नहीं छोड़िए

दुखदायक सम्बन्धों को तत्काल तोड़िए /
चाहे जिसको मित्ररूप में नहीं जोड़िए //
विद्या / सत्य / प्रखरता / अनुभव / संकल्पों से /
नया सीखने का स्वभाव भी नहीं छोड़िए //

५४५. आशा ही आधार

यत्नशील हित आशा निश्चित 'प्रेरक' रहती /
जो निराश, उनको भी आशा जीवित रखती //
आशा ही आधार प्रबलतम विजयी होने /
यह मनुष्य के जीवन में क्या क्या ना करती !

५४६. ना समझें उपहास

आशा / दान विशेष / अटल विश्वास वस्तुतः /
इन तीनों को ना समझें उपहास वस्तुतः //
प्रगति मनुज की इनसे ही महनीय सर्वदा /
इनसे निश्चित पूरी मन की आस वस्तुतः //

५४७. पक्षाघात

घोर निराशा जैसे 'पक्षाघात' भयानक /
इससे सम्भव नायक भी जैसे खलनायक //
दूर रहें इससे आजीवन सुख पाने ही /
अद्भुत आशा सखी तुल्य ही सदा सहायक //

५४८. साथ निभाती

मित्र आपके दुख में भी जब साथ छोड़ते /
अनायास वे धोखा दे मुख सहज मोड़ते //
स्वतः वस्तुतः तब भी साथ निभाती आशा /
अपने भी सम्बन्ध जिस समय स्वयं तोड़ते //

५४९. आशावादी

घोर निराशावादी अनुपम पथ ना चुनते /
दुष्ट/हठी व्यक्तित्व किसी की बात न सुनते //
पर, इसके विपरीत विलक्षण आशावादी /
उच्च सफलता पाने गुण गुरुओं के गुनते //

५५०. भद्र

आशा जिसके संग..मनुज वह नहीं हारता /
अन्यों के अधिकार 'भद्र' ना कभी मारता //
जो करता उपकार विलक्षण / सर्वहितैषी /
वह निज जीवन नायक सम अद्भुत सँवारता //

५५१. जीवनजत्रा

जब तक मन में ना दृढ़तम विश्वास स्वतः ही /
जब तक मानव भीषण घोर उदास स्वतः ही //
तब तक 'जीवनजत्रा' निश्चित कठिन वस्तुतः /
मनुज न समझे जीवन को उपहास स्वतः ही //

५५२. ज्ञान के दीप

नहीं बुझाएँ दिव्य ज्ञान के दीप प्रकाशित /
रहें केतकी जैसे अनुपम / रम्य सुवासित //
निज सुगन्ध से सकल विश्व अद्भुत महकाएँ /
करें सद्गुणों को अपने में स्वतः समाहित //

५५३. महाधुरन्धर

महाधुरन्धर जो कष्टों से ना घबराते /
सावधान रह, सोच समझ जो चरण बढ़ाते //
शत्रु उन्हीं के स्वतः पराजित, नतमस्तक ही /
वे दैविक इतिहास विलक्षण नित्य रचाते //

५५४. ऊँचा नाम

बिन उपाय के काम नहीं अभिराम सर्वथा /
बिना कर्म के सुखद नहीं परिणाम सर्वथा //
मानव स्वतः महान सर्वतः शुभकर्मों से /
वंश/देश का उससे ऊँचा नाम सर्वथा //

५५५. अपनी रोटी

बहा पसीना केवल अपनी रोटी खाएँ /
परजीवी सम ही निज जीवन नहीं बिताएँ //
कर्मनिष्ठ ही रहें वस्तुतः स्वतः सर्वतः /
जो अपंग, उनको मन से ही सुख पहुँचाएँ //

५५६. परोपकारी

जो परोपकारी, वे सबको सुख पहुँचाते /
वे विपदाओं में भी बिलकुल ना घबराते //
वे विचार दूषित ना रखते स्वयं विमल ही /
सहायता कर अन्यों की वे नित मुसकाते //

५५७. यश के भागी

कर्म असाधारण ही जो जो मानव करते /
चंचल निज मन आजीवन सुस्थिर ही रखते //
विद्यमान रहता उनका 'वर्चस्व' सर्वतः /
सकल विश्व में वे ही यश के भागी रहते //

५५८. स्वयं बताएँ

'घोर घोर आलस से निश्चित पिण्ड छुड़ाएँ /
हर अवसर का सर्वाधिक ही लाभ उठाएँ //
अनुपम अवसर नित्य प्रायशः कभी न आते' /
ये रहस्य अपनों को सचमुच स्वयं बताएँ //

५५९. यह रहस्य

'अपराजित रिपु, काम अधूरे नित दुखदायक /
शत्रु पराजित, पूर्ण कर्म निश्चित सुखदायक' //
ये रहस्य स्वयमेव समझ ले मनुज तत्त्वतः /
निर्मलता से जीवन अति अद्भुत वरदायक //

५६०. अपयश

घोर घोर दुष्कर्म तुरत अपयश फैलाते /
स्वतः अन्ततः वे मानव को दण्ड दिलाते //
पर, इसके विपरीत सदा सत्कर्म नियत ही /
हर मनुष्य को देव तुल्य ही अमर बनाते //

५६१. कर्म / बीज

कर्म / बीज जो बोए, उनका फल निश्चित ही /
मनुज रहे ना व्यर्थ भयंकरतम चिन्तित ही //
करते प्रतिदिन कर्म निरन्तर जो निष्ठा से /
विश्वपटल पर वे 'कर्मठ' अद्‌भुत अंकित ही //

५६२. कर्मों के कारण

मनुज नीच या उच्च स्वयं कर्मों के कारण /
दुष्कर्मों से रण में मृत राघव से रावण //
सत्कर्मों से आज विभीषण 'चिरजीवी' ही /
शुभकर्मों से कष्टों का स्वयमेव निवारण //

५६३. निश्चिन्त

आजीवन निश्चिन्त / सजग / आनन्दित रहिए /
अपने जैसा अन्यों को भी पुलकित रखिए //
किससे पछतावा होगा या अनुपम सुख ही /
सदा कर्म करने के पहले यह तय करिए //

५६४. विलक्षण अनुभव

निष्क्रिय ही रहने से कर्म असम्भव प्रायः /
निष्ठा / श्रद्धा / श्रम से सब कुछ सम्भव प्रायः //
अगर, हिमालय उच्च सफलता का चढ़ना हो /
ग्रहण करे ही मनुज विलक्षण अनुभव प्रायः //

५६५. निर्णायक

सुख / दुख दोनों के 'निर्णायक' कर्म तत्त्वतः /
मनुज कभी भी ना त्यागे निज धर्म तत्त्वतः //
ज्ञान / सहजता / निश्छलता / सद्भाव / प्रेम से /
ज्ञात व्यक्ति को जीवन का क्या मर्म तत्त्वतः //

५६६. अद्भुत प्रेम

कर्म विलक्षण करें, उस समय 'मौन' साधिए /
अगर, सफलता मिले, कभी ना अधिक नाचिए //
रक्तचाप निज रहने दें सामान्य सर्वदा /
सुख से रहने केवल अद्भुत 'प्रेम' बाँटिए //

५६७. काम से काम

याचक बनकर अन्यों के मुख नहीं ताकिए /
व्यर्थ किसी के घर में भी ना कभी झाँकिए //
रखें काम से काम सर्वदा आजीवन ही /
जितने जितने दोष, यत्नतः उन्हें त्यागिए //

५६८. ना अलसाएँ

करें काम ऐसे, जिनसे फिर ना पछताएँ /
कर्मों की गति मन्द ना रखें, ना अलसाएँ //
कर्म निरन्तर करने से ही उच्च सफलता /
कर्मशील रह कमल ताल में त्यों मुसकाएँ //

५६९. शुद्ध स्वर्ण

कृत्रिम फूलों में सुगन्ध बिलकुल ना आती /
अन्य वस्तु ऐसी मन को ना कभी रिझाती //
शुद्ध स्वर्ण तो शुद्ध स्वर्ण मन स्वतः मोहता /
चमक रत्न की आँखों को तत्क्षण चुँधियाती //

५७०. मन का विश्वास

सज्जन निज सत्कर्मों से ही जाने जाते /
वे मन का विश्वास कभी भी नहीं डिगाते //
वे अपशब्द विशेष किसी से कभी न कहते /
सत्यनिष्ठ ही सकल विश्व स्वयमेव रिझाते //

५७१. निजधर्म

श्रद्धा से ही जितने अनुपम कर्म सर्वतः /
ज्ञात उन्हीं से ही जीवन का मर्म सर्वतः //
सब कुछ त्यागे मनुज भले ही संकल्पों से /
किन्तु, कभी भी ना त्यागे निजधर्म सर्वतः //

५७२. जनहित में

आए अवसर हाथ, उन्हें बिलकुल ना खोएँ /
आजीवन अजगर सम ही सचमुच ना सोएँ //
पास स्वयं के नहीं फटकने दें निष्क्रियता /
जनहित में ही सुख के सुन्दर हार पिरोएँ //

५७३. अपना सम्मान

करिए दुर्लभ अवसर की पहचान सत्यतः /
क्या अनुचित क्या उचित ? रखें यह ध्यान सत्यतः //
मनुज किसी के प्रलोभनों में कभी न आए /
कभी न खोए वह अपना सम्मान सत्यतः //

५७४. व्यर्थ

लक्ष्यहीन जीवन सचमुच ही व्यर्थ सर्वतः /
इससे प्रायः भीषण घोर अनर्थ सर्वतः //
प्रेम / सहजता / ज्ञान / सत्यता / धर्म / कर्म से /
ज्ञात मनुज को..जीवन का क्या अर्थ सर्वतः //

५७५. साफल्य

असफल होने पर भी आगे चलते रहिए /
निज मन को विचलित / चंचल बिलकुल ना रखिए //
इससे ही साफल्य वस्तुतः स्वतः अन्ततः /
किसी बात की चिन्ता सचमुच ही ना करिए //

५७६. दिव्य सफलता

किसी दशा में भी जो प्रायः तनिक न शंकित /
नियत लक्ष्य हित जो मानव दृढ़तम संकल्पित //
निज निश्चय से जो ना डिगता हिमगिरि जैसा /
विश्वपटल पर दिव्य सफलता उसकी अंकित //

५७७. उपकृत

धन/साधन/सत्कर्म/समय का ध्यान धरें ही /
आजीवन छल/कपट/द्वेष भी नहीं रखें ही //
देवपुरुष सम रहें सहज सर्वत्र सर्वदा /
जो याचक हों, उनको 'उपकृत' स्वयं करें ही //

५७८. लक्ष्य विराट

नहीं भूलिए अपने लक्ष्य विराट सर्वदा /
अवरोधों की रखिए अद्भुत काट सर्वदा //
जो व्यक्तित्व विशाल/विलक्षण/सभ्य/रम्य ही /
जग में उनके देव तुल्य ही ठाट सर्वदा //

५७९. धुन के पक्के

किसी बात की भारी चिन्ता कभी न करिए /
वचन सभी से प्रणयमग्न/मधुरिम ही कहिए //
घोर घमण्डी जो, उनसे रखिए ही दूरी /
आजीवन ही सचमुच धुन के पक्के रहिए //

५८०. प्रतिभा का लोहा

घोर उदासी अपने मन में कभी न रखिए /
आजीवन ही अथक परिश्रम अद्‌भुत करिए //
निज प्रतिभा का लोहा सबसे मनवाएँ ही /
महापुरुष जैसे उद्‌भट/अनुपम ही रहिए //

५८१. सुयश सूर्य सम

युवा अवस्था सुयश सूर्य सम स्वतः बढ़ाती //
वृद्धावस्था निज अधिकारों को दिलवाती //
किन्तु, अवस्थाएँ ये दोनों अतिविचित्र ही /
कभी हँसातीं ये मनुष्य को कभी रुलातीं //

५८२. उत्कर्ष सर्वतः

युवक चाहते पल में ही उत्कर्ष सर्वतः /
करवाती प्रौढ़ावस्था संघर्ष सर्वतः //
'वृद्धावस्था के अगणित दुख' कहते ज्ञानी /
वृद्धों को उपलब्ध तनिक ना हर्ष सर्वतः //

५८३. कोमल व्यवहार

करें युवाओं से कोमल व्यवहार सर्वथा /
उन्हें बताएँ कैसा यह संसार सर्वथा //
समय समय पर सदाचार भी उन्हें सिखाएँ /
सहज कराएँ उन्हें सत्य 'स्वीकार' सर्वथा //

५८४. सत्य का स्वागत

कर असत्य को बिदा..सत्य का स्वागत करिए /
सहज/निष्कपट/निश्चल/निर्मल/निश्छल रहिए //
स्वर्णिम स्वर्णिम प्रबल समय का हाथ थाम ही /
स्वतः सर्वदा अपने को आनन्दित रखिए //

५८५. आशाओं के पुष्प

चाहे जिसकी ही हाँ में हाँ नहीं मिलाएँ /
यथा समय रिपुओं की चूलें स्वयं हिलाएँ //
ज्ञानपान हित रहें समर्पित शिष्य तुल्य ही /
मन उपवन में आशाओं के पुष्प खिलाएँ //

५८६. कपट के खेल

द्वेष/कपट के खेल कभी भी नहीं खेलिए /
भ्रष्ट/आलसी/नीचों को ना कभी झेलिए //
रहिए ही निश्चिन्त/विलक्षण/कर्मशील भी /
चिन्ताओं को घूरे पर तत्काल फेंकिए //

५८७. कभी न कहिए

जल्दी में चाहे जिससे 'हाँ' कभी न कहिए /
अनुपम प्रतिभाशाली सम चिन्तन भी करिए //
शोक/कष्ट/विपदाएँ सबको विचलित रखते /
कर उपाय महनीय स्वतः ही इनसे बचिए //

५८८. मौलिक लेखन

मौलिक लेखन सबको बहुत प्रभावित करता /
यह उजास रवि सम सबके जीवन में भरता //
गहन अध्ययन/मनन सदा अद्भुत सम्प्रेरक /
मनुज ज्ञान से आजीवन आनन्दित रहता //

५८९. सावधान

आए इस जग में, तो कुछ अति अद्भुत करिए /
आजीवन अपने को विचलित कभी न रखिए //
क्षणभंगुर संसार यही निःसार सत्यतः /
सावधान इससे सतर्क प्रतिपल ही रहिए //

५९०. सफल बनाएँ

निज जीवन में अति अद्भुत परिवर्तन लाएँ /
जो पाया 'प्रभु' से, उसमें सन्तोष मनाएँ //
कपट / कामचोरी / आलस / निष्ठुरता त्यागें /
कर्मनिष्ठ रह स्वतः स्वयं को सफल बनाएँ //

५९१. विश्व सम मंच

अतिदुखदायक जग के घोर प्रपंच वस्तुतः /
शुद्ध स्वर्ण सम रहें सदा सौ टंच वस्तुतः //
सहज निभाएँ ऐसी अद्भुत / रम्य भूमिका /
तुम्हें न भूले कभी विश्व सम मंच वस्तुतः //

५९२. चाटुकार सम

चाटुकार सम आजीवन बिलकुल ना रहिए /
देशप्रेम के भाव विलक्षण मन में रखिए //
निज 'भारत' का मान बढ़ाएँ निखिल विश्व में /
प्रजातन्त्र की रक्षा सचमुच मन से करिए //

५९३. उच्च प्रेरणा

कर्मशीलता ही प्रसन्नता नित्य दिलाती /
यही व्यक्ति को स्वतः शीर्ष पर ही पहुँचाती /
कर्मनिष्ठ / आदर्श / विलक्षण / वन्दनीय जो /
उनकी निष्ठा उच्च प्रेरणा बन ही जाती //

५९४. मन के मोदक

मन के मोदक आजीवन ही कभी न खाएँ /
दिवास्वप्न में समय स्वर्ण सम नहीं गँवाएँ //
सदा रहें सक्रिय / सतर्क / निश्चिन्त सर्वतः /
निज यश के ध्वज नभ से भी ऊँचे लहराएँ //

५६५. सुख से रहने

मनुज व्यर्थ की इच्छाएँ बिलकुल ना पाले /
आजीवन ही काम ना करे काले काले //
व्यय भी वह ना करे अधिक ही निजी आय से /
सुख से रहने कभी ना करे घपले घाले //

५६६. शुद्ध कनक

विज्ञ तनय ही सिद्ध विलक्षण जनक वस्तुतः /
शुद्ध कनक तो सदा शुद्ध ही कनक वस्तुतः //
पीतल स्वर्ण कभी ना सचमुच, कुछ भी कर लें /
विद्यमान ना उसमें अनुपम चमक वस्तुतः //

५६७. संवेदी

प्रज्ञ जानते अनुभव का अनुपात सर्वतः /
कहाँ / किसे / क्या कहना ? उनको ज्ञात सर्वतः //
निश्चित ही व्यवहारकुशल वे संवेदी भी /
वे ना करते कभी किसी से घात सर्वतः //

५६८. सर्वाधिक ही सुख

प्रज्ञ असम्भव को सम्भव करके दिखलाते /
कभी किसी के मन में भ्रम वे ना उपजाते //
ज्ञानशक्ति से वे करते उपकार विश्व का /
अन्तर्मन में वे सर्वाधिक ही सुख पाते //

५६९. चित भी मेरी

चित भी मेरी, पट भी मेरी..नहीं कीजिए /
नारकीय दुख व्यर्थ किसी को नहीं दीजिए //
जो अशक्त / असहाय / निराश्रित / दुःखमग्न ही /
समय समय पर उनका नित संज्ञान लीजिए //

६००. नव संसार

जहाँ घोर विपदाएँ बिलकुल भी ना छाएँ /
चक्रवात भीषण कष्टों के जहाँ न आएँ //
जहाँ हर्ष/आनन्द स्वर्ग से अधिक रहें ही /
निज मन में ऐसा ही नव संसार बसाएँ //

६०१. दिव्य स्वर्ग तक

निष्ठुरता / कटुता / असत्यता दूर भगाएँ /
लगन / यत्न / संयम / उद्यम / तप / धर्म बढ़ाएँ //
क्षमा / दया / करुणा / समता / श्रम / सज्जनता से /
दिव्य स्वर्ग तक कर्मठता के ध्वज लहराएँ //

www.ingramcontent.com/pod-product-compliance
Ingram Content Group UK Ltd.
Pitfield, Milton Keynes, MK11 3LW, UK
UKHW021311160826
14477UKWH00023B/378

9 789389 984125